Martin Grzimek

Das Austernfest

Roman

marebuchverlag

marebibliothek

Autoren erzählen ihre Geschichte vom Meer

Herausgegeben von Denis Scheck

Band 17

Für BHG

I

Ich bin verliebt in eine Frau und kann nicht von ihr lassen. Schon seit Jahrzehnten geht das so, es scheint mir, solange ich denken kann, doch was ich auch versuchte, sie will nichts von mir wissen. Das wird sich jetzt ändern. Sie braucht mich, ich habe es ihr bewiesen. Sie schaut mich schon anders an, sieht nicht mehr nur den guten alten Freund in mir, den sie so lange kennt. Ich habe etwas getan für sie, was sie mir nie vergessen können wird: Ich gebe ihr die Freiheit wieder. Dann werden wir zusammensein. Ich spüre es. Es dauert nur noch ein paar Tage, hat mir der Staatsanwalt verraten, und ich kann sie abholen aus der Untersuchungshaft. Sie wird mir in die Arme fallen, ich drücke sie an mich, spüre ihr Gesicht an meiner Wange, ihre Haare auf meinen trokkenen Lippen, höre sie in mein Ohr flüstern. Sie wird mich lieben, lieben müssen. Endlich. Dann bin auch ich befreit. Nur ein paar Tage noch, bis die abschließenden Ermittlungen in Frankreich jeden Zweifel an ihrer Unschuld ausgeräumt haben, wird sie aushalten müssen. Und, hat der Staatsanwalt gesagt, redselig, als wäre er auf meiner Seite, sie kann sich glücklich schätzen, daß sie so einen hat wie Sie. Sie haben Ihr Leben riskiert, das gibt es selten, und einen enormen detektivischen Spürsinn gezeigt, alle Hochachtung. Ich war nur überzeugt, erwiderte ich beschwichtigend, immer überzeugt von ihrer Unschuld, mehr nicht. Und Sie hatten recht – er stockte – wären Sie nicht gewesen, hätte das OLG sie sogar ausliefern können, sie wäre auf Grund der Indizien überführt und verurteilt worden, zu fünf, sechs Jahren, damit hätte sie rechnen müssen. Aber es wäre ein Justizirrtum gewesen, sagte ich und sah dem jungen Staatsanwalt in die Augen, gut fünfunddreißig Jahre war er jünger als ich, eigentlich noch ein Bürschchen. Was hatte er denn schon anderes erlebt als Schule, Studium und Beruf, eine Figur wie aus dem Fernsehen. Möglich, sagte er wie zu sich selbst, aber normalerweise, bei so eindeutiger Beweislage ... Der Ohrring mit der Perle, unterbrach ich ihn. Auch der Ohrring, nickte er zustimmend, und nicht zu vergessen den Zeugen, diesen Austernfischer. Doch das hat sich ja nun geradezu ins Gegenteil verkehrt. Jedenfalls freue ich mich, Ihnen sagen zu können, daß ich mich freue – nein, unterbrach er sich und lächelte süßlich – das geht natürlich nicht, daß man sich darüber freut, daß man sich freut ... Jetzt lachte er trocken, und da wußte ich plötzlich, warum sich dieser Staatsanwalt so anders als erwartet verhielt: Er wollte witzig sein, er schmeichelte sich bei mir ein. Doch, doch, das geht durchaus, sagte ich schmunzelnd in sein Lachen hinein: «Sich an der Freude des anderen freuen.» Aber überschätzen Sie mich nicht, fügte ich hinzu und stand wie er auf, ich bin zwar in dieser Stadt kein Unbekannter durch meine Karikaturen in der Zeitung, aber ... Er ließ mich nicht ausreden: Ich besitze zwei Bücher von Ihnen! sagte er, die müssen Sie mir noch signieren, ich habe sogar eine Mappe angelegt mit Zeitungsausschnitten von Ihren Zeichnungen, wenn ich auch da um eine Widmung bitten dürfte. Gern, sagte ich, und er: Jeden Samstag bin ich gespannt darauf, wen oder was Sie diesmal durch den Kakao ziehen. Ich hätte natürlich niemals damit gerechnet, Sie einmal kennenzulernen, zumal Sie – er stockte wieder – zumal Sie in der Öffentlichkeit kaum oder so gut wie nie in Erscheinung treten. Das stimmt, sagte ich, ich halte mich zurück, und das schon seit fast fünfzig Jahren. So lange sind Sie schon bei der Zeitung? Er schien ehrlich verwundert. Ich müßte längst im Ruhestand sein, sagte ich und merkte sofort, wie mir mein Lächeln im Gesicht gefror. Ich hatte mir geschworen, diesen Satz nicht mehr zu sagen. Oh, wie ich das an mir kenne und hasse, mir immer wieder selbst die gleiche Falle zu stellen und hineinzutappen, «Altersfalle» nenne ich das. Plötzlich sitzt mir die Angst im Nacken, ich spüre, wie meine Augen gläsern werden, mein Blick starr wie der einer Statue, ein Blick, den ich bei Iris bisher noch vermeiden konnte, denn wir sprachen nie darüber, wie alt ich wirklich war, obwohl sie es doch genau wußte. Elf Jahre älter als sie, was sind schon elf Jahre, dachte ich, und dieser Staatsanwalt, halb so alt wie ich, in seinem hoch zugeknöpften Anzug, mit Weste natürlich, was hatte er mir schon zu sagen, was ich nicht längst wußte? Was spielt es für eine Rolle, sagte ich und zuckte mit den Schultern, wie alt man ist, oder würden Sie eine Symphonie von Mozart mit anderen Ohren hören, wenn Sie wüßten, daß er sie mit achtzig geschrieben hat? Aber nein! sagte er, lachte und streckte mir seine Hand entgegen. Es bleibt also dabei – er dämpfte vertraulich die Stimme – ich informiere Sie, sobald ich Näheres aus Frankreich weiß. Ich kümmere mich darum, ausnahmsweise, weil Sie es sind. Doch, wie gesagt, mit zwei, drei Tagen müssen wir mindestens rechnen, aber kaum mehr, dann kommt Ihre Bekannte frei. Da werden Sie sicherlich eine Flasche Champagner öffnen, sagte er. Und ein paar Austern mit Perlen drin, fügte ich augenzwinkernd hinzu und ekelte mich bei seinem schlaffen Händedruck, warm und feucht wie ein Waschlappen. Er lachte erneut. Sie dürfen wahrscheinlich gar nichts ernst nehmen, sagte er, bei Ihrem Beruf. Es freut mich jedenfalls sehr, Sie einmal persönlich kennengelernt zu haben. Und sagen Sie Frau Hellwig, sie soll es nicht so tragisch nehmen, Verdacht ist eben Verdacht, und in diesem Fall wog er wohl besonders schwer. Schon vergessen, sagte ich, nahm meinen Schirm von der Stuhllehne und verließ das Büro.

Schon im Fahrstuhl, stärker aber noch draußen auf dem Bürgersteig, das gläserne Portal des neuen Amtsgerichts im Rücken, verspürte ich ein Glücksgefühl, das mich schwindeln machte. Zwei bis drei Tage, wegen mir auch vier, fünf oder sechs, dann würde ich Iris aus der Haft abholen, vor dem Tor warten oder bei der Pforte, den Schirm so leicht über den Arm gehängt wie in diesem Moment vor dem Gerichtsgebäude in der hochsommerlichen, schwülen Luft. Jederzeit konnte ein Gewitter aufziehen. Ich würde den Schirm rasch auf den Boden legen und die Arme ausbreiten, nicht um sie ihr entgegenzustrecken, nein, um sie aufzufangen, sie festzuhalten, um sie zu beschützen. Wird es so sein? Wird dieser Traum in Erfüllung gehen? Wird sie nicht anders können als zu sagen: Komm mit, komm mit nach Haus zu mir, bleib über Nacht, wir haben so viel zu bereden? Ja – so wird es werden, es ging ja nicht anders.

Nichts ist leichter, als die Zukunft vorauszusehen. Kaum war ich nach dem Besuch beim Staatsanwalt wieder zu Hause, rief ich in der Redaktion an, um mich für eine Woche abzumelden. Reutlinger, der Chefredakteur, sagte nur: Manne, warum rufst du denn an? Wir haben hier stapelweise Zeichnungen von dir herumliegen und jede Menge Glossen. Eine davon paßt immer auf die zweite oder dritte Seite. Du kennst doch den Spruch von meinem Vater: Nur wer den Nerv der Zeit trifft, geht in ihr nicht unter. Mach dir also keine Gedanken und fahr weg, so lange du willst. Wie heißt die Hübsche denn diesmal? Er lachte. Corinna, sagte ich und lachte ebenfalls. Corinna, fragte er, immer noch Corinna? Also, gut, dann Corinna. Melde dich, wenn du zurück bist. Er legte auf. Ich saß an meiner Zeichenplatte und starrte vor mich hin. Reutlinger junior, immer im Rollkragenpullover, war, politisch gesehen, stinkkonservativ, mehr noch als sein Vater, bei dem ich als 20jähriger nach dem Krieg angefangen hatte. Der alte Reutlinger war ein Patriarch gewesen, der junge ein machtbewußter Erbe und ich der Hofnarr, aber ich würde mich eher als Affe auf einer Drehorgel darstellen, der von Jahr zu Jahr durchgefüttert wurde. Man behielt mich einfach, trotz meines Alters, und ich konnte im Grunde machen, was ich wollte. Die Zeitung hielt das Monopol in der Region seit fast hundert Jahren, hatte alle Höhen und Tiefen überstanden, ihr Fähnchen flatterte immer im richtigen Wind, und die Verlegerfamilie befand sich stets auf der Sonnenseite. Sie besaßen die Druckerei, bezahlten ihre Leute schlecht, machten sie von sich abhängig, gaben mickrigen Typen, die gut nach unten treten konnten, verantwortungsvolle Posten und erstickten von vornherein jeden Versuch, Neuerungen einzuführen. Das nannten sie «Tradition». Ich lieferte pünktlich oder weit im voraus meine Arbeiten ab, hatte einen Vertrag, den ich noch mit dem alten Reutlinger ausgehandelt hatte, an dem war nie gerüttelt worden, und der verschaffte mir gewissermaßen bis an mein Lebensende zufriedenstellende Konditionen. Je seltener ich mich in der Redaktion blicken ließ, desto besser, denn dadurch kam kein Neid auf. Natürlich hatte es auch Zeiten gegeben, in denen ich an der Qualität meines Schaffens zweifelte, in denen mir sogar deutlich vor Augen stand, wie mittelmäßig und manchmal sogar regelrecht schlecht meine Produktionen waren. Aber die Leser liebten meine Kalauer und dümmlichen Verse, meine harmlosen Glossen und Witze, und da ich immer nur mit meinem Pseudonym «Männe» unterschrieb, war ich für die meisten gar keine reale Person und insofern auch nicht angreifbar. Das alles ist mir durchaus bewußt, und weshalb sollte ich mich dafür schämen? Ich wohne seit Jahrzehnten in derselben Wohnung mit Blick ins Grüne, idyllischer kann man in dieser Stadt kaum wohnen, gelte bei meinen Freunden als notorischer Junggeselle und lasse sie auch in dem Glauben, denn keiner weiß von meiner heimlichen Liebe zu Iris, nicht einmal sie selbst. Die Freundinnen, die ich mir ab und zu leistete, so wie Corinna Behrend, auf die Reutlinger junior immer wieder anspielt, sind nichts als Schmetterlinge, deren Schönheit ich genieße, weil ich um ihre Kurzlebigkeit weiß. Indem ich sie kennenlernte, verlor ich sie auch schon aus dem Blick.

Mit Iris war das anders. Ich versuche gerade, sie aus dem Gedächtnis zu zeichnen. Diese Kunst habe ich sogar studiert, aber ich bin noch immer ungeschickt darin. Übertreiben, das kann ich gut, aus einem lippenlosen Mund mache ich einfach einen harten Strich, aus einer von Gedanken zerfurchten Stirn ein wie von einem Pflug durchwühltes Feld. Nase, Augen, Ohren werden überdimensioniert, dazu kommt eine extrem wilde oder glatte Frisur – schon haben wir einen Charakterkopf, und fertig ist die Karikatur. Das dauert manchmal nur fünf Minuten, und ich habe ein hübsches Honorar verdient. Ich übertreibe auch hierin, aber bisweilen ist es wirklich so. Wenn ich allerdings Iris zu zeichnen versuche, kostet mich jeder Strich ungeheure Kraft. Iris könnte ich niemals karikieren. Ich will sie so darstellen, wie ich sie sehe: sensibel, ein wenig traurig, mir fern und zugleich nah; in jedes Fältchen über ihrer Oberlippe bin ich verliebt, jeder Blick ist anders. Die Blicke auf sie verschwimmen in meiner Erinnerung. Ich sehe sie als junge Frau, wie sie als 21jährige in der Zeitung ihr Praktikum machte. Ich begegnete ihr im Treppenhaus, damals gab es im Hauptgebäude noch keinen Fahrstuhl. Sie lief vor mir mit schnellen Schritten die Stufen hinauf und blieb in der ersten Etage stehen, ratlos von der einen zur anderen Tür blickend, und fragte mich, als ich neben ihr angelangt war: Wo sind denn die Lokalen? Links, sagte ich, der Heribert Stumpf ist hinter der linken Tür, dann die vierte rechts. Sie öffnete die Tür zum Flur, sie «öffnete» sie nicht, sie stieß sie auf, als wäre sie nur angelehnt gewesen, und der Schwung ihrer Bewegung setzte sich in ihrem langen schwarzen Haar fort, ein Schwung wie eine Welle, die mich mit sich zog, obwohl ich in die Bildredaktion wollte, eine Etage höher. Ich ging ihr hinterher, diesem Schopf, diesem Rücken, dem vor mir her tanzenden Gesäß in der engen schwarzen Hose. Ich tat so, als hätte ich den gleichen Weg, sah sie bei Stumpf an die Tür klopfen, hörte mich «gehen Sie ruhig rein» sagen, stieß sie fast vor mir her. «Tag, Herr Stumpf», sagte sie. «Ach, Fräulein Iris», erwiderte er, nachdem er wie beiläufig von seiner Schreibmaschine aufgeblickt hatte, und fügte dann, als er mich sah, überrascht hinzu: Was machst du denn hier, Männe? In diesem Moment drehte sich Iris zum ersten Mal zu mir um, blickte mich an, und ich sah ihr in die Augen. Sie sind der Männe? fragte sie. Wer denn sonst, hätte ich jetzt normalerweise gesagt, oder spaßhaft: Erkennen Sie mich denn nicht wieder? Bei Iris ging das nicht. Innerhalb einer Sekunde verliebte ich mich in sie. Und immer noch versuche ich, diesen Blick in ihr Gesicht hineinzuzeichnen. Heute muß es mir gelingen, heute, nachdem ich vom Staatsanwalt die gute Nachricht bestätigt bekommen habe, daß das Verfahren mit an Sicherheit grenzender Wahrscheinlichkeit wegen erwiesener Unschuld eingestellt wird, daß sie freikommt.

Das Gesicht ist älter geworden, die Züge darin sind weniger weich, die Augen sagen mehr aus, weil sie in den vergangenen Jahrzehnten viel gesehen haben, und in den letzten zwei Wochen noch einmal für sie Unvorstellbares. Ihr Blick ist fordernd, lauernd und zugleich gebrochen, müde. Ich muß diesen Blick zeichnen – und kann es nicht. Ich konnte es schon früher nicht, nach unserer allerersten Begegnung. Ich fuhr damals in meine Wohnung zurück, setzte mich an meinen Zeichentisch und versuchte, das Gesicht von Iris zu fixieren. Was ich aufs Papier brachte, war purer Dilettantismus. Ich wurde fuchsteufelswild. Die Umrisse ihres Gesichts, die nach unten sich verbreiternde Form, der starke Kiefer, die langen Haare, die ich ihr in der Zeichnung über die linke Schulter nach vorn legte, die Stirn im Halboval, die recht unscheinbare Nase und der volle Mund – das alles gelang mir. Aber die Augen, die ich zeichnete, paßten nicht zu ihr. Das Gesicht blieb leer. So wie heute und in den vergangenen Tagen, nachdem ich sie in der Untersuchungshaft besucht hatte. Die Haare sind längst gekürzt und gelockt und enden im Nacken, die Wangenknochen müßte ich ein bißchen mehr betonen, die leicht vorstehenden Zähne sind unverkennbar, besonders wenn sie lächelt, wobei ich nicht weiß, lächelt sie oder tut sie nur so? Doch der Eindruck insgesamt ist unverändert: selbstbewußt, «Hier-bin-ich», und zugleich: … – nein, es gelingt mir nicht, sie zu zeichnen, es wird nur das

Musterportrait einer immer noch gut aussehenden, gut geschminkten Frau von achtundfünfzig Jahren. Ich lege den Stift weg.

ALS MICH der Staatsanwalt fragte: «Woher kennen Sie eigentlich die Frau Hellwig?», erzählte ich die Treppenhausgeschichte. Als hätte ich etwas zu verbergen, malte ich unsere Zufallsbegegnung aus, erfand ein Stolpern hinzu, angesehener Karikaturist fällt junger Praktikantin vor die Füße, etwas in der Art. Höchst amüsiert, so schien es, hörte er sich die Geschichte an, denn ich war ja ein Mensch, dem immer nur etwas Spaßiges passieren konnte. Toll! sagte er, aber mein Kopf machte ein «Tollpatsch!» daraus. Nicht zu glauben! rief er aus, aber es hätte wohl besser «Lügner!» heißen sollen. Dann aber, als ich fertig war, stellte er eine zweite Frage, auf die ich nicht gefaßt war: Das ist, lassen Sie mich nachrechnen, nun schon fast vierzig Jahre her. Stimmt das? Ich nickte. Und nach mehr als vierzig Jahren – er lehnte sich zurück – ist Ihre Bekanntschaft mit Frau Hellwig, die ja in der Zwischenzeit verheiratet war und nun Mutter von zwei erwachsenen Kinder ist – diese Bekanntschaft ist Ihnen immer noch so viel wert, daß Sie Kopf und Kragen riskieren als immerhin, verstehen Sie mich recht, nicht mehr ganz junger Mann? Sie spielen den Privatdetektiv ohne Auftrag, fahren nach Frankreich, um dort durch die Aufdeckung völlig neuer Tatumstände die durch Indizien schwer belastete Frau Hellwig fast vollkommen zu entlasten, und darüber hinaus – er setzte sich aufrecht hin und legte die Ellenbogen auf den Schreibtisch – überführen Sie auch noch den wahren Täter! Das ist schon unglaublich, jedenfalls kommt das nicht allzuoft vor. Was hat Sie motiviert – das interessiert mich ganz privat und aus purer Neugier, und dieses Gespräch bleibt natürlich unter uns –, was hat Ihnen die Energie gegeben, so zu handeln?

Wie hätte ich ihm das klarmachen können? Wie kann man eine derartige «Energie» jemandem wie diesem Staatsanwalt erklären? Damit, daß eine «erste Liebe» wie ein Kapitalverbrechen nie verjährt, zumal sie unerfüllt blieb, einseitig? Hätte ich von einem «Energiestau» reden sollen, der dann plötzlich eine Gelegenheit findet, gewissermaßen den Pfropfen aus einer Flasche zu treiben, um zu vermeiden, daß der gärende Inhalt in ihr selbst explodiert? Ich war, nachdem ich Iris vor Jahrzehnten an jenem Tag zum ersten Mal gesehen hatte, ein Mensch geworden, der sich selbst nicht mehr wiedererkannte. Von jenem Tag an war ich, der sich so selten wie möglich in der Zeitung sehen ließ, schon morgens früh in irgendeiner der Redaktionen unterwegs, um angeblich Material für eine Glosse zu sammeln. Meine Kollegen sahen mich mißtrauisch an. Die meisten hielten mich ohnehin für einen komischen Vogel, der unverschämtes

Glück gehabt hatte, weil der Herausgeber ihn mochte. Mich interessierte das alles nicht. Ich wollte nur herausbekommen, wann sich die Praktikantin Iris Fechner, das war ihr Mädchenname, jeweils im Verlagshaus aufhielt. Also saß ich von nun an bis gegen Mittag bei Stumpf im Lokalen. Stumpf war damals gute zehn Jahre älter als ich, mittlerweile ist er tot, einfach umgekippt, Herzversagen. Er war ein umgänglicher Kerl gewesen, wir haben uns gut vertragen, er rauchte nur endlos viel, eine Zigarette nach der anderen, aber er war fleißig wie kein anderer. Redakteur fürs Umland zu sein, ist ein undankbarer Job. Das schlägt aufs Gemüt. Gemeinderatswahlen, neuer Feuerwehrhauptmann, Goldene Hochzeit, Verkehrsunfälle auf Landstraßen, für all das stehen wegen des großen Einzugsgebietes der Zeitung fast immer zwei ganze Seiten zur Verfügung. Wer aber schreibt die Artikel? Pensionierte Lehrer, Vereinsvorstandsvorsitzende, Polizeiberichterstatter, geh mir weg damit, sagte Stumpf. Jeder Beitrag mußte redigiert werden, oft von der ersten bis zur letzten Zeile, aber immer so, daß er es sich mit dem Verfasser nicht verdarb.

Ausgerechnet in diese Redaktion hatte man Iris geschickt. Bei Stumpf war sie zwar richtig, aber das Ressort war falsch. Sie war schon damals unglaublich direkt, frech und selbstbewußt. Ich war nicht dabei, als sie verhaftet wurde, aber sie muß einen Riesenspektakel gemacht haben. Auch wenn sie aus der U-Haft freikäme, ein Nachspiel gebe es noch, sagte der Staatsanwalt, wegen Beamtenbeleidigung. Einen der Polizisten, der sie abgeführt hatte und den sie sogar kannte, hat sie wüst beschimpft. «Du bist ein Arschloch, Andreas!» soll sie gesagt haben. Und weiter: «Wie kannst du glauben, daß ich einen Deputierten umgebracht habe, du weißt ja nicht mal, was das ist!» Ihre Tochter stand neben ihr und hat später, obwohl man sie darauf hinwies, daß sie damit ihre Mutter belasten könne, zu Protokoll gegeben, daß ihre Mutter das tatsächlich gesagt habe und völlig recht damit hätte, weil der Andreas, den sie doch gut kennen würden, sich benommen habe wie ein … «eben wie ein Arschloch». Der sei auf einmal ganz anders gewesen, habe immer nur «Frau Hellwig» zu ihr gesagt, «ich muß Sie darauf hinweisen, Frau Hellwig …» Was soll denn diese verdrehte Scheiße, Andreas, habe daraufhin die Mutter geschrieen, kennst du mich auf einmal nicht mehr? – Nicht in diesem Ton, Frau Hellwig! – Der hat'n Rad ab, habe sich Iris daraufhin an die Tochter gewandt, aber sie habe ja schon immer gewußt, daß der ein Blödmann ist, jetzt käme das endlich raus. – Was kommt da raus, Mama? hat Julia ihre Mutter gefragt. Na, was denn? soll Iris erwidert haben, was denn anderes als die Geschichte mit der kleinen Beate vom Schmidt in der Sandgasse, worüber jeder Bescheid weiß und keiner was sagt, und jetzt kommt eben dieser Arsch zum Loch raus, jetzt kann er sich rächen, oder, Andreas? Ist es nicht so? – «Das reicht jetzt, Frau Hellwig!»

MEIN GOTT, IRIS! Ich war ja nicht dabei, aber ich kann es mir lebhaft vorstellen, wie du da ausgerastet bist. Dir zu unterstellen, daß du jemanden ermordet hast, das war ein starkes Stück. Und wie in ein paar Tagen alle Welt amtlich beglaubigt wissen wird, völlig ungerechtfertigt. Dieser Andreas Neukirchen, oder wie er hieß, wird sich bei dir entschuldigen müssen, alle werden sich bei dir entschuldigen müssen. Nur ich nicht. Ich wußte ja, daß du es nicht gewesen sein konntest. Ich habe aber auch gleich gesehen, daß du es hättest gewesen sein können. Du hattest ein Verhältnis mit diesem *Député* in Frankreich gehabt, du warst zur fraglichen Zeit in dem Dorf, du hattest ein Motiv, weil dieser Fouché dich fast fünf Jahre lang nur benutzt hat und dich dann fallenließ, als ihm seine reiche Frau die Pistole auf die Brust setzte und ihn vor die Entscheidung stellte: die Deutsche oder ich – das hast du mir alles gebeichtet, und dafür bin ich dir dankbar. Es war doch klar, daß er sich für seine Frau entscheiden würde. Nur jemand, der so blind war wie du, hat das nicht sehen können. Und ich wußte auch von Anfang an, daß du es nicht warst, du nicht! In ein paar Tagen hole ich dich aus diesem Gefängnis raus, und dann beginnt ein neues Leben. Du wirst sehen. Ich stelle mir vor, daß ich meine Wohnung hier behalte und immer nur herkomme, um zu zeichnen und meine Glossen zu schreiben. Sonst aber sitzen wir in deinem Haus oder auf der Terrasse und machen es uns gemütlich. Es wird wunderbar sein, nicht mehr allein zu leben.

Aber blosse Freundschaft allein, sagte der Staatsanwalt, kann es ja nicht gewesen sein. Er faltete seine Hände, ich sah seine sauber geschnittenen, glänzenden Fingernägel. «Bloße Freundschaft» war wahrscheinlich nur ein nichtssagender Begriff für ihn, wahrscheinlich hatte er selbst nie richtige Freunde gehabt, kannte nur Kommilitonen aus der Studienzeit etwas näher und jetzt ein paar Kollegen, mit denen man sich zwangsläufig gut versteht. Nein, sagte ich, um seinen Hunger auf Details zu stillen, bloße Freundschaft reicht nicht aus. Ich bin ganz ehrlich, Herr Staatsanwalt, ich bin verliebt in sie bis über beide Ohren, und wenn sie rauskommt, gehe ich mit Frau Hellwig sofort ins nächste Kino, hinterste Reihe, und wenn der Hauptfilm anfängt, wird bis zum Happy End durchgeknutscht. So was hatte er natürlich nicht erwartet, der Herr Staatsanwalt. Das machte ihn dann doch für ein paar Sekunden blaß. Er starrt mich an, bis er mein Zwinkern bemerkt, dann bricht er in Gelächter aus. Das ist gut! Das ist gut! Durchgeknutscht! Ich sehe zu, wie er sich vor Lachen schüttelt, die Hände sind längst auseinandergerutscht und schlagen auf den

Schreibtisch, die Akten tanzen, Schränke fallen um, Fensterscheiben platzen, Teppiche rollen sich auf, und das Telefon klingelt. Es klingelte wirklich! Der Staatsanwalt wurde aus seiner zügellosen Phantasie herausgerissen, räusperte sich, nahm den Hörer, sagte: Jetzt nicht ... auf keinen Fall! ... ganz klar ... dito ... genau so machen wir es – legte den Hörer ab, blickte gedankenvoll vor sich hin, bis er sich meiner Gegenwart zu erinnern schien, an das, was ich gesagt hatte. Er sah mich schmunzeln, und ein fernes Echo seines Gelächters kehrte in sein Gesicht zurück. Aber bevor er einen staatsanwaltlichen Kommentar zu meiner Darstellung abgeben konnte, fühlte ich mich geradezu gedrängt zu sagen: Sie haben natürlich ganz recht mit Ihrer Vermutung, denn selten gibt es nur ein einziges Motiv. Doch vielleicht verstehen Sie mich besser, wenn ich Ihnen sage, daß ich mich für die prekäre Lage, in die Frau Hellwig hineingeraten ist, sch ... schließlich mitverantwortlich fühle. Ich wollte zuerst «schuldig fühle» sagen, unterdrückte es aber gerade noch rechtzeitig. Schuld ist ein erstickendes Wort, vor allem im Büro eines Staatsanwalts. Wie soll ich das verstehen? fragte er. Nun, ganz einfach: Ich war es, der Frau Hellwig vor fünf, sechs Jahren das erstemal, das muß ein paar Monate oder auch länger nach ihrer Scheidung gewesen sein, mitnahm in den Südwesten Frankreichs, ans Becken von Arcachon. Ich besitze dort nämlich eine kleine Wohnung. Was Sie nicht sagen!

sagte der Staatsanwalt. Ja, und wenn das nicht passiert wäre … Alles ganz harmlos natürlich, sie mußte einfach mal raus aus ihren vier Wänden, und ich fahre dorthin, so oft es meine Zeit erlaubt, da fragte ich sie einfach, ob sie nicht mitkommen wolle. Und sie kam mit, lernte diese wunderbare Gegend kennen und ist seitdem öfters dorthin gefahren, ohne mich. Und irgendwann einmal, das läßt sich sicher rekonstruieren, hat sie diesen *Député*, diesen Abgeordneten getroffen. Der Rest der Geschichte ist Ihnen bekannt. Also fühlte ich mich als Freund verantwortlich, ihr aus dem Schlamassel herauszuhelfen, an dem ich in einem ganz ursprünglichen Sinn schuld war.

SCHULD – ich hatte es doch nicht unterdrücken können, dieses Wort. Auf die Zunge hätte ich mir beißen wollen, nachträglich. Aber es war zu spät. Für den Bruchteil einer Sekunde verengten sich die Augen des Staatsanwalts, ein Zucken durchfuhr ihn. Da haben Sie Ihr Motiv, sagte ich lächelnd, oder besser gesagt: meins. Sehr glaubhaft, stimmte er mir zu. Ja, und dann kam der Rest unseres Gesprächs, die Sache mit meinen Büchern, mit dem Champagner und den Austern. Ich weiß nicht, ob er das begriffen hat. Der lasche Händedruck. Meine «Berühmtheit», wie er sagte, muß ihn so irritiert haben, daß er die Amtsregeln vernachlässigte und geschwätzig geworden war. Er hatte vergessen, wen er darstellen sollte und wo er war, sein muffiges Zimmer, die abgestandende Luft. Dagegen lag in der Straße vor dem Justizgebäude der trockene Duft eines hochsommerlichen Tages. Die Straße ist kaum befahren, es stehen Platanen dort, die jedes Frühjahr ordentlich von den Stadtarbeitern gestutzt werden, jeder Baum eine Skulptur, die Rinde wie das glatte Fell eines Tieres. Dann aber, wenn die ersten dünnen Zweige sprießen, erst wie Stacheln, danach wie Ruten, beginnt der Sommer. Plötzlich gibt es warme Tage, plötzlich ist es Juni, Juli, und im Schatten sind es mehr als dreißig Grad. Iris wird sich auf ihrer Pritsche herumwälzen und schwitzen. Es wird nicht leicht sein, frische Austern zu besorgen. Austern für Iris.

Ich kann nicht schlafen, weil ich sie so deutlich vor mir sehe. Die Zeichnung, die ich von ihr angefangen habe, liegt zerknüllt im Papierkorb. Ich sehe Iris, wozu brauche ich dann eine Zeichnung von ihr. Ich sehe, wie sie in ihrer Zelle liegt, sich unruhig auf ihrem Bett von der einen auf die andere Seite dreht. Ich bin gleich wieder aufgestanden, bin auf den Balkon hinausgetreten und habe mich über das helle Licht gewundert, über die scharf abgegrenzten Schatten unten im kleinen Garten, Schatten wie Scherenschnitte, bis ich begriff, daß wir Vollmond haben mußten. Das Schlimmste ist, hat sie mir gesagt, daß es in den Zellen an den Fenstern keine Verdunklung gibt. Hinzu kommen die Rufe aus den anderen Zellen, unverständliche, undefinierbare Stimmen, richtungslos und verloren, manchmal nur sekundenlang und deshalb um so beunruhigender. Weißt du, Männe, sagte sie vorgestern, als ich sie das letztemal sah, es ist toll, daß du mir den Trainingsanzug gebracht hast. Den trage ich jetzt Tag und Nacht. Er gibt mir das Gefühl, daß alles nur vorübergehend ist. Als könnte ich einfach weglaufen, irgendwohin, weit weg.

Als ich Iris das erste Mal nach Arcachon mitnahm, war sie furchtbar durcheinander, versuchte aber, die Fassung zu bewahren, und wirkte auf mich deshalb ziemlich befremdend. Sie war sehr schweigsam. Es gab für mich gar keinen anderen Gedanken, als ihr sofort helfen zu müssen. Kurz zuvor erst war sie geschieden worden, ihr Mann hatte sich mit einer anderen Frau aus dem Staub gemacht, überließ ihr aber das Haus, die beiden Töchter und monatlich genug Geld, um damit gut über die Runden zu kommen. Ich traf sie ganz zufällig in der Stadt. Was machst du, was hast du vor? fragte ich scheinbar selbstlos und hätte ebensogut sagen können: Komm zu mir, bring die Kinder mit, wir mieten uns ein Haus.

Wir sassen im Besucherraum des Gefängnisses, in dem es süßlich nach Putzmitteln roch. Ein einfacher Tisch, ein paar Stühle, ein vergittertes Fenster, die Tür: eine Theaterkulisse. Ich erzählte ihr, daß ich am Morgen auf meinem Balkon gefrühstückt hatte. Ach, muß das schön sein, sagte sie, und ich: Hab noch ein wenig Geduld –, denn ich wußte ja längst, daß sie freikommen würde. Sie spielte wie so oft, wenn sie unsicher war, das kleine naive Mädchen. Es mag an meiner Arbeit liegen, daß ich mich davon kaum noch beeindrucken lasse. Selbst Menschen, die mir leid taten, ein Politiker zum Beispiel, der Intrigen zum Opfer gefallen war, hatte ich gelernt, aus der Distanz heraus darzustellen, etwa als schreiendes Baby, dem man seinen Nuckel weggenommen hat. Daher mußte ich sogar ein wenig lächeln, als ich sah, wie Iris zu weinen begann. Ich hätte gern ihre Hände in meine genommen, doch das war verboten. Es dauert bestimmt nur noch ein paar Tage, sagte ich, übermorgen gehe ich zum Haftrichter oder zum Staatsanwalt, der mit dem komischen Namen. Schilkött, fiel sie mir schluchzend ins Wort, Schilkött, wiederholte sie und mußte plötzlich lachen, wir mußten beide lachen, was für ein Name für einen Staatsanwalt, Dr. Tobias Schilkött, klingt wie Schildkröt, sagte ich. Das paßt noch besser, sagte sie. Für dich doch ein gefundenes Fressen, ergänzte sie, und ich sah mich an meinem Tisch sitzen und eine Schildkröte zeichnen, die eine Auster zu knakken versucht. Beide haben einen Panzer, der sich nur an den Schwachstellen öffnen läßt. Dann ging sie zur Tür, in ihrem neuen Trainingsanzug, drehte sich im Hinausgehen um und lächelte mir noch einmal verlegen zu.

Ich kenne das Becken von Arcachon schon seit meinem siebzehnten Lebensjahr, sagte ich, das wird Sie, mein lieber Herr Staatsanwalt, in Erstaunen versetzen! Erzählen Sie! sagte er. Nicht wegen der Bordeauxweine war ich dort, nicht wegen der Austern, sagte ich, dafür ist die Gegend berühmt, sondern wegen der Vögel. Es gibt dort einen Naturschutzpark, wir haben ihn «den Teich» genannt, weil er bei einem Ort liegt, der *Le Teich* heißt, woher auch immer dieser Name kommen mag. Wann war das? fragte er. Anfang der Fünfziger, ein Schulpraktikum, ungewöhnlich für diese Zeit, sagte ich und blickte auf, es war dunkel um mich herum. Ich tastete nach dem Schalter der Nachttischlampe neben meinem Bett und wußte, bevor ich das Licht anknipste, daß ich nicht im Büro des Staatsanwalts war. Was für ein realistischer, nichtssagender Traum, sagte ich mir. Draußen waren immer noch der Schein des Vollmonds und die Schattenrisse unten im Garten. Aber es ist besser, dachte ich, sich an Träumen festzuhalten als an Balkongeländern, die unter der Hand brechen können.

Es ist alles so lange her. Jeder von uns mußte ein «Tagebuch» führen, ein Vogelbuch, eine ornithologische Kladde mit Eintragungen und Zeichnungen, mit lateinischen Namen. Später sollte daraus eine «Studienarbeit» werden, so nannte das unser Lehrer, eine Hausarbeit in säuberlicher Handschrift verfaßt, versehen mit naturkundlichen Darstellungen. Ich bekam eine ziemlich schlechte Note, weil ich den Vogelköpfen menschliche Gesichter und Grimassen gegeben hatte, und unser Lehrer, er hieß Vollmer, hinkte, war angeschossen worden im Krieg, hatte wenig Sinn für Humor. Aber es waren zwei wunderbare Wochen dort gewesen, die ich nie vergaß, das Meer, Ebbe und Flut, die Austerngärten, die Kiefernwälder, die Dünen und das dichte Gehölz an der Küste von *Le Teich* mit den Tausenden von Vögeln. Kurz vor meiner Scheidung oder kurz danach, ich weiß es nicht mehr, jedenfalls gegen Ende der siebziger Jahre kaufte ich im Auftrag meiner Tante Theresa und mit ihrem Geld eine kleine Wohnung in Arcachon. Sie besitzt einen Balkon mit Blick über das ganze Becken. Ich hatte meiner Tante immer wieder vorgeschwärmt, wie schön es da unten sei, und eines Tages sagte sie plötzlich: Fahr in deinem nächsten Urlaub dorthin und kaufe etwas, wo ich meine Ferien verbringen kann. So eine Tante, sagte Iris, als ich ihr davon erzählte, hätte ich auch gern einmal gehabt. Jeder hätte gern so eine Tante. Kaufe, hatte sie gesagt, dann weißt du schon, was du von mir erbst. Theresa, die Schwester meiner Mutter. Sie war damals nur vier Jahre älter als ich es jetzt bin. Ich jubelte innerlich, gab meiner Tante einen Kuß und wußte nicht einmal, wie ich das anstellen sollte: in Frankreich eine Immobilie kaufen. Aber Tante Theresas Rechtsanwalt, dessen Sohn jetzt der Anwalt von Iris ist, regelte alles für mich. Ich kümmerte mich nur um das Objekt. Und das hatte ich schnell gefunden. Ende der Siebziger war Arcachon eine Kleinstadt, in der sich eine wohlhabende Schicht etabliert hatte, ansonsten aber ganz normale Leute wohnten. Die Masse der Bordelesen hatte noch kein Bedürfnis nach dem Erwerb von Unterkünften in Städten am Meer, sie zelteten lieber mit allen anderen Touristen auf den Campingplätzen. Ich engagierte einen Makler, der Bosc hieß, so wie der französische Cartoonist. Die Suche war einfach, es kamen nur Häuser an der Küstenstraße in Frage. Ich wählte drei Objekte am *Boulevard de la Plage* aus, telefonierte mit Tante Theresa, und sie entschied sich für die dem Zentrum am nächsten gelegene Wohnung. Ihr Anwalt überwies das Geld, wickelte die notariellen Angelegenheiten ab, und ich montierte noch am Abend vor meiner Rückreise nach Deutschland ein kleines Messingplättchen mit Tante Theresas Namen in handschriftlicher Gravur auf das Klingelschild: «Th. Helmholz». Das ist bis heute so geblieben. Tante Theresa hat ihre Wohnung in Arcachon nie gesehen. Sie starb ein Jahr nach dem Kauf, im Februar '79. Mir fiel die Wohnung durch ihre testamentarische Verfügung zu, eine Wohnung, von der heute viele nur träumen können. Als Iris sie zum erstenmal sah, war sie völlig hingerissen. Sie trat auf den großen Balkon, stützte ihre Hände aufs Geländer und seufzte. Der Anblick der riesigen Wasserfläche, die glatt wie ein

Spiegel vor ihren Augen lag, machte sie wortlos. Das Becken war vollgelaufen, es war Flut, eine Flut ohne Brandung.

Die Wohnung in Arcachon hat drei Zimmer, Küche, Bad, befindet sich in einer älteren Villa und ist großzügig geschnitten. Sie war in keinem guten Zustand, als meine Tante sie kaufte, und mußte renoviert werden, vor allem das Bad. Außerdem wurde in jedem Zimmer eine elektrische Heizung installiert, damit sie über Winter nicht auskühlen und feucht werden konnte. Diese Arbeiten wurden von Handwerkern aus Arcachon erledigt. Ich fuhr im Winter wieder ans Becken, überprüfte die Renovierungsarbeiten und beschaffte einen Eßtisch, zwei Stühle und eine Liege. Das war das gesamte Mobiliar. Als ich nach meiner Rückkehr mit Tante Theresa besprechen wollte, wie sie sich denn die Einrichtung der Wohnung vorstellte, war sie bereits bettlägerig. Mach dir keine Gedanken darüber, sagte sie, es ist schon alles in die Wege geleitet, du mußt nur, wenn es soweit ist, einen Spediteur besorgen. Was meinst du mit «wenn es soweit ist»? fragte ich. Wenn ich tot bin, sagte sie und lächelte. Dann packst du die gesamte Einrichtung meiner Wohnung hier in einen Umzugswagen und fährst damit nach Arcachon. Dann hast du alles, was du brauchst. In die Betten kommen allerdings sofort neue Matratzen, damit es nicht nach alter Frau stinkt.

Geld dafür und für den Umzug habe ich schon auf ein Sparbuch eingezahlt, das auf deinen Namen läuft. So, und nun freu dich mal ein bißchen und versprich mir, daß du dich daran hältst, was ich eben gesagt habe. Ich konnte mich nicht freuen, ich gab ihr mein Versprechen, aber ich war erschrocken. Was meinst du damit: Wenn ich tot bin, fragte ich sie. Bald, bald, sagte sie. Und sie hielt Wort. Nach nicht ganz einem halben Jahr starb sie. Und ich hielt mein Versprechen: Einen Monat nach dem Tod meiner Tante standen alle ihre Möbel in der Wohnung in Arcachon – und so ist es bis heute geblieben. Iris konnte sich kaum beruhigen, nachdem ich ihr die Geschichte erzählt hatte. Das sind alles die Möbel von deiner Tante? fragte sie. Was hattest du nur für eine phantastische Tante, das sind ja wunderbare Möbel. Ja, sagte ich, ziemlich ausgesuchte Stücke. Nur den Zeichentisch in dem großen Schlafzimmer, den habe ich mir in Bordeaux gekauft, aber auch erst vor drei oder vier Jahren. Iris öffnete den Schrank im Wohnzimmer und pfiff durch die Zähne. Hör mal, rief sie, ist das Meißener Porzellan? Ist es, aber ich benutze es so gut wie nie. In der Küche habe ich Bistrogeschirr. Das wirst du alles noch kennenlernen. Sieh dich in Ruhe um und denke daran, daß meine Tante, der ich das alles zu verdanken habe, hier ewiges Wohnrecht hat. Meinst du, sie hat das alles geplant? fragte Iris. Sie wußte genau, was sie tat, antwortete ich. Das ist es eigentlich, was ich von ihr geerbt habe. Wie soll ich das verstehen? Laß uns später darüber reden, bei einem Aperitif unten im *Café de la Plage* – und dann schlürfen wir ein paar Austern. Komm!

DIESE SZENE liegt fünf Jahre zurück. Was sagen Sie dazu, Herr Staatsanwalt? Sie meinen, ich wollte ihr mit dem Vermächtnis meiner Tante imponieren? Mit Meißener Porzellan und Biedermeiermöbeln? Mit Blick aufs Meer, Ricard und einem Dutzend Austern, dazu ein, zwei Fläschchen *Entre deux Mers*, diesem wunderbar süffigen Weißen, um sie danach ins Bett zu ziehen, auf Tante Theresas alte Matratzen? Meinen Sie das, Herr Staatsanwalt? Es wäre Ihnen zuzutrauen, Ihrem verengten Blick auf die Tatsachen. Da haben Sie Ihren Blick, Herr Staatsanwalt. Noch ein paar Striche, zack, zack, und Sie sind fertig. Ich legte den Bleistift weg und hob das Blatt ein wenig an, hielt es unter den Lichtkegel der Schreibtischlampe. Ich hatte ihn perfekt getroffen, den jungen Herrn Staatsanwalt mit seiner runden Brille, der zu kurzen Nase, dem dünnlippigen, von Ehrgeiz schon angenagten Mund und dem kurzen Haarschnitt. Bei den Augen gab ich mir besondere Mühe, bei diesen mauskleinen listigen Augen, in denen sich ein permanenter Verdacht eingenistet hat, und die großen Ohren, die wie Trichter sind, in denen tausendmal das Wort «schuldig» verschwindet, und die gefalteten Hände, zwischen deren Fingern sich die Enden eines Strickes herauswinden – erkennen Sie sich wieder? Ach, das läßt Sie kalt? Das sind Sie gewohnt, daß man Sie nicht allzusehr liebt? Damit werden Sie fertig und mit mir allemal? Und es sei doch ziemlich unrealistisch, daß ich der Frau Hellwig nicht schon früher etwas von dieser Wohnung erzählt hätte. Wie sollte ich denn, Herr Staatsanwalt? Ich traf Iris, nachdem sie ihr Praktikum in der Zeitung beendet hatte, nur zufällig wieder.

Die Innenstadt ist überschaubar, da stolpert man fast notgedrungen übereinander. So begegneten wir uns hin und wieder, nachdem sie in der Hotelbranche einen neuen Job gefunden hatte, und wenn es sich dann ergab, tranken wir einen Kaffee zusammen. Dabei erzählten wir uns jeweils, was geschehen war in den kurzen Etappen unserer Vergangenheiten. Ich schrieb meine Glossen, zeichnete meine Cartoons, war mit Elke verheiratet, die Zwillinge kamen, drei Jahre später die Scheidung, davon berichtete ich ihr und auch, daß mir von meinem Gehalt nicht viel bleiben würde. Dann fand ich die kleine, feine Wohnung im Brentanoweg, und als ich sie danach wieder einmal traf, lud ich sie sofort zu mir ein. Doch während dieser Zeit zog sie ihre Kinder groß, kümmerte sich um Schule, Mann, Haus und Garten. Wie hätte ich ihr da von meinem Tantenerbe erzählen können? O ja, jetzt sehe ich, was ich vergessen habe, entschuldigen Sie,

Herr Staatsanwalt, die Schildkröte, auf der Sie sitzen, wie konnte ich? Den Strick, den die Schildkröte um den Hals hat und den Sie zwischen den Händen halten, verlängere und verdopple ich einfach und mache Zügel daraus. Nicht so fest anziehen, Herr Staatsanwalt, sonst erdrosseln Sie das arme Tier! Nein, nein, erzählt habe ich Iris von der Wohnung in Arcachon erst, als auch sie geschieden war. Wir hatten uns Jahre nicht gesehen. Sie war mit ihrem Mann in einen Vorort gezogen, wo ich normalerweise nie hinkam. Ein hübsches Haus hatten sie sich dort gekauft. Sie spielte die Rolle der Mutter und Hausfrau, und was das bedeuten kann, wissen wir nicht, Herr Staatsanwalt. Na, sitzt es sich gut auf der Schildkröte? Hui, im Sauseschritt galoppiert die Zeit vor uns her und schleift uns mit, das werden Sie auch noch erfahren, sehen Sie nur die Falten in meinem Gesicht. Aber ist es nicht schön braungebrannt? Und meine silbrigen Haare, immer noch eine volle Mähne, was sagen Sie dazu? Bei Ihnen lichtet es sich jetzt schon, sehe ich das richtig? Wie alt sind Sie, wenn ich fragen darf? 35? 36? Dacht ich mir's doch. Und – schon ein Eigenheim? Na, sehen Sie, es wird doch. Verbittert, ich, verbittert? Das wäre ja eine Contradictio in adjecto, wie absurd, ein verbitterter Humorist. Das Alter, meinen Sie? Nun, wie alt schätzen Sie mich denn? Sehen Sie mich an! 65? Weit gefehlt! Wenn Sie nicht gewußt hätten, was ich Ihnen schon verriet, daß ich nämlich schon längst im Ruhestand sein müßte, dann hätten Sie doch auf 59 getippt, vielleicht 60, stimmt's? Das sagen jedenfalls alle. Zehn Jahre jünger, sagt auch mein Arzt. Und wenn Sie mich neben Iris sehen könnten, Sie würden staunen. Meine Mutter ist 90 Jahre geworden, das hätten Sie der alten Dame nie angesehen. Und wissen Sie, woran sie gestorben ist? Sie werden es nicht glauben: durch einen Verkehrsunfall. Sie hat Rot mit Grün verwechselt, macht sich mit forschem Schritt auf, den Zebrastreifen zu überqueren, da wird sie von einem Auto erwischt. Der Fahrer hatte keine schuld, fuhr vorschriftsmäßig, er bremste sogar noch und hat meine Mutter mit dem Kotflügel auch nur zur Seite geschleudert. Aber sie fiel unglücklich auf den Bordstein und brach sich das Genick. Bis zuletzt hat sie allein in ihrem Haus gelebt, das ich dann ganz gut verkaufen konnte, und das erste, was ich mir von dem Geld anschaffte, war ein Mercedes-Cabrio. Das fahre ich noch heute. Ein wunderbares Auto, und sobald sich die Luft erwärmt, bin ich der erste, der mit heruntergelassenem Verdeck durch die Stadt braust. Ein bißchen schneller natürlich, Herr Staatsanwalt, als Sie auf Ihrer Schildkröte. Schilkött. Wie kann man nur so einen Namen haben. Und was mache ich jetzt mit Ihnen? Zerreiße ich Sie und werfe Sie in den Papierkorb, oder hebe ich Sie in einer meiner Mappen auf?

Ich habe mich in den vergangenen Tagen immer wieder gefragt, warum ich so auf Iris fixiert war und es immer noch bin, warum ich mir vorstellen kann, an ihrer Seite alt, noch älter zu werden, warum ich das möchte, geradezu herbeisehne. Und warum dieser Wunsch in den letzten Jahren immer stärker wurde. Sie war und ist noch immer eine schöne Frau, ist sich ihres Äußeren durchaus bewußt, hat eine pragmatische Intelligenz. In ihrer beruflichen Karriere als frei arbeitende Hotelmanagementberaterin hat sie sich einen guten Namen gemacht, und es ist bewundernswert, daß sie sich dort durchsetzte, trotz der Belastung mit den zwei Kindern und einer verkorksten Ehe. Aber dieser Beruf füllt sie keineswegs aus, sie tut ihr Bestes, reist ein wenig in Europa herum, spricht mehrere Sprachen sehr gut, aber nichts an ihr ist perfekt, durchgestylt. In allem, was sie tut, ist zwar der Wunsch nach Perfektion zu entdekken, aber er kann nie ganz in Erfüllung gehen. Sie ist eigentlich eine recht normale Frau mit einem gesunden Ehrgeiz, sie ist attraktiv und selbstbewußt, aber sie läßt sich auch schnell verunsichern und kauft sich bisweilen Kleider, die sie bieder und ein bißchen ältlich erscheinen lassen. Warum tut sie das? Warum erwähne ich das? Was finde ich daran bemerkenswert? Was zieht mich zu ihr hin? Ich kenne Frauen wie Corinna Behrend, die sitzen neben mir auf dem Beifahrersitz in meinem Cabrio, und wir drehen mal eine Runde um den Fernsehturm oder machen eine Spritztour ins Elsaß. Da höre ich Corinna immer nur vor Vergnügen quietschen, wenn ihr der Wind die Haare vors Gesicht wirbelt. Iris macht solche Fahrten eher wie eine Schauspielerin mit, die sich auf ihre Rolle konzentrieren muß. Genau diese gehemmte Freiheit liebe ich an ihr. Aber warum? Warum könnte ich mir vorstellen, neben ihr aufzuwachen, ohne sie in der Nacht auch nur einmal berührt zu haben? Manchmal denke ich, auch das hängt mit meiner Arbeit zusammen. Ich mache sie einfach, sie beherrscht mich nicht, und ich besitze sie nicht. Das Zeichnen ist für mich wie für einen Imbißbudenbesitzer das Umdrehen der Bratwürstchen. Aber es ist natürlich mehr. Und es hat sich in den letzten zehn Jahren verändert. Ich strichle nicht mehr nur auf einem Blatt Papier herum, um einen Begriff, eine Redewendung, einen Witz oder ein aktuelles politisches Geschehen zu illustrieren, ich versuche, etwas zu zeichnen, was ich mit meinen eigenen Augen gesehen habe, und merke schnell, wie schwer mir das fällt. Das ärgert mich. «Verbitterter Humorist» – wahrscheinlich ist dies doch der passende Ausdruck, Herr Staatsanwalt. Da ich aber nichts mehr liebe als Ruhe und Harmonie, ein genußvolles Leben und den Respekt gegenüber wahrer Kreativität, verbinde ich Iris mit all dem in besonderer Weise und möchte sie sozusagen als Beweis neben mir haben, um das Mögliche verwirklichen zu können. Dann brächte ich noch eher zu Papier, was ich sehend fühle und fühlend sehe, was mir bisher höchstens ein paarmal gelungen ist. Nur die Fähigkeit, beobachten zu können, ist mir, das weiß ich, angeboren. Sonst wäre ich nie ein Zeichner geworden.

Insgesamt dreimal sah ich Iris während der Zeit, als sie mit Volker verheiratet war, bei ihr zu Hause. Sie veranstalteten bisweilen großzügige Sommerfeste, und ich bin immer dazu eingeladen worden. Der Garten wurde von Fackeln beleuchtet, es waren eine Menge Leute da, Nachbarn, Freunde und Kollegen von Volker. Er war zu jener Zeit Geschäftsführer einer großen Recyclingfirma. Schon als ich ihn das erstemal sah, verstand ich nicht, was Iris an diesem Mann gefunden hatte. Vielleicht war es seine gesellschaftliche Stellung oder das viele Geld, das er verdiente. Ihre beiden Töchter waren äußerst reizende Geschöpfe, eine hübscher als die andere. Auch Volker sah gut aus, machte einen souveränen Eindruck, aber es war unglaublich, mit was für belanglosem Gerede er sich manchmal wichtig machte. Sein Lieblingsthema war Golf. Seine vielen Geschäftsreisen endeten immer auf irgendeinem Golfplatz irgendwo auf der Welt, und er beschrieb die genaue Lage der Löcher und die Schwierigkeitsgrade der Abschläge. Seinen Töchtern strich er übers Haar, und daß die niedlichen Mädchen von allen bewundert wurden, machte ihn stolz. Haben Sie Kinder? fragte er mich. Zwillinge, sagte ich. Na, dann wissen Sie ja noch besser, wie das ist. Ich kann mich leider viel zu wenig um sie kümmern. Um meine, um Ihre, oder um mich? wollte ich fragen, aber er erzählte schon weiter, daß er meistens ohne die Kinder zum Golfen ginge. Als Julia noch klein gewesen sei, habe sie immer die am besten plazierten Bälle aufgehoben und dann irgendwohin geworfen. Er ahmte lachend eine ungeschickte Wurfbewegung nach und stieß dabei ein Weinglas um. Menschen, die witzig sein wollen und selbst am meisten über ihre Späße lachen, kann ich auf den Tod nicht ausstehen. Noch schlimmer aber war, daß er, nachdem er endlich aufhörte zu lachen, zu Iris wie nebenbei sagte: Räumst du die Scherben weg? Iris tat so, als habe sie nichts gehört, und begann mit einer weiteren Golfballgeschichte aus Julias Kinderleben: Wie Julia fast einmal einen Golfball verschluckt hätte. Irgendwie, sagte Iris, hat sie ihn halb in den Mund gesteckt und bekam ihn nicht mehr heraus. Stellt euch das vor! sagte Volker: Ich klopfte ihr auf den Rücken und wollte ihr den Mund aufreißen. Du hast ihr dabei fast den Kiefer gebrochen, sagte Iris. Und zu allem Unglück fing sie auch noch an zu plärren und rannte weg, erzählte Volker weiter. Wir natürlich schreiend hinterher – Iris fuchtelte mit den Armen, um das Schreien zu verdeutlichen – und, ich sehe es noch vor mir, da stolpert sie, knallt auf den Rasen und spuckt den Golfball aus. Und der, fällt Volker Iris ins Wort, ihr werdet es nicht glauben, rollt genau in

Loch Sieben. Volker klopft sich lachend auf die Schenkel, Iris schaut zufrieden in die amüsierten Gesichter ihrer Gäste, bückt sich und klaubt die Scherben vom Boden auf.

Auf einem anderen Sommerfest, vielleicht zwei Jahre später, wurde die Geschichte wieder erzählt, wieder von Volker und Iris gemeinsam. Auf dem Sommerfest fünf Jahre später, das dritte, an dem ich teilnahm, war Volker nicht da. Im Garten, diesmal beleuchtet von bunten Glühbirnen, saßen bedeutend weniger Gäste. Auf diesem Fest erfuhr ich, daß Iris und Volker sich trennen würden. Sie könne es nicht mehr aushalten mit ihm, schon lange nicht mehr, und außerdem habe er eine Freundin. Eine blöde Ziege, sagte sie. Aus der Stadt? fragte jemand. Nein, nicht von hier, sagte Iris. Aber ihr solltet mal sehen, wie er sich bei der verhält. Er frißt ihr aus der Hand und macht alles, was sie will. Der trägt die Teller in die Küche und leert den Aschenbecher aus. Das hat er hier nie gemacht, nicht ein einziges Mal. Und was sagen die Kinder dazu? wollte jemand wissen. Die verkraften das erstaunlich gut, und ich will auch, daß sie weiterhin ein gutes Verhältnis zu ihrem Vater haben. Spielt er immer noch Golf? fragte wieder ein anderer. Noch öfter als vorher, denn Birgit, so heißt sie, ist ebenfalls begeisterte Golferin … Und so kam es, daß auch die Geschichte von Julia und dem fast verschluckten

Golfball wieder auf den Tisch kam. Diesmal aber sagte Iris: Und da schlug ihr Volker derart brutal auf den Rücken, daß ich dachte, o Gott, jetzt hat sie ihn verschluckt. Das kannst du doch nicht machen! schrie ich Volker an, du brichst ihr ja das Rückgrat! Und Volker schrie zurück: Ich hab's satt, daß sie jeden Ball aufhebt! In dem Moment plärrte Julia los und spuckte den Ball aus. Genau in Loch Sieben, sagte jemand, der neben Iris saß. Von wegen in Loch Sieben! protestierte Iris. Volker hat den Ball hineingeschubst, höchstwahrscheinlich mit dem Fuß. Dem war doch Julia völlig egal, der nahm einfach nur wütend den Ball, legte ihn irgendwo in eine günstige Position und lochte ihn mit einem Schlag ein, um sein Handicap zu verringern. So war das. Dann ging er hin, nahm den Ball aus dem Loch, hob ihn triumphierend hoch und ging zum nächsten Abschlag. Julia stand da und heulte. Früher habt ihr das ganz anders erzählt, sagte wieder der Mann neben Iris. Früher war es auch anders, sagte sie, und ich sah, daß ihr Tränen in den Augen standen. Da blickte sie mich an und sagte: Du kannst zu allem immer nur schmunzeln. Und fügte leise mit ernstem Gesicht hinzu: Bei mir ist die Kacke am Dampfen.

«Die Kacke am Dampfen» – sie benutzte oft solche groben Ausdrücke, sie übernahm sie von ihren Töchtern, die sie aus der Schule mitbrachten. Als Volker und

Iris sich endgültig trennten, war Julia 17 und Maria 22. Die Ehe hatte 24 Jahre gehalten. Maria studierte Kunstgeschichte und lebte in einer Wohngemeinschaft in der Stadt. Julia war noch zu Hause. Volker erwies sich bei seinem Auszug als äußerst großzügig. Iris hätte eigentlich nicht zu arbeiten brauchen, aber sie fand einen Job in einem Hotel für zwei bis drei Tage in der Woche und war vor allem mit der Organisation und Ausrichtung von Banketten oder Kongressen beschäftigt. Die Arbeit machte ihr Spaß und brachte etwas Geld ein. Sie war jetzt öfters in der Stadt, wir trafen uns wieder, meistens in einem Café in der Nähe der Zeitung. Bei mir hatte sich nichts verändert, bis auf das neue Auto, in dem ich sie ab und zu auch nach Hause brachte. Dann erzählte ich ihr von der Wohnung in Arcachon, und wir verabredeten, in den Osterferien eine Woche dorthin zu fahren. Da Julia in dieser Zeit ohnehin zu ihrem Vater wollte, der jetzt in der Nähe von Heidelberg lebte, gab es keine Schwierigkeiten. Ich wurde in diesem Jahr 65, und Reutlinger bat mich irgendwann in sein Büro und fragte mich, ob ich daran denken würde aufzuhören. Sollte ich? fragte ich. Aber nein, Männe, wo denkst du hin. Du kannst bleiben, so lange du möchtest. Es ist nur ... Hast du einen neuen Zeichner? unterbrach ich ihn. Nein, natürlich nicht, nichts dergleichen. Unsere Leser wollen mit dir alt werden, nicht mit einem, der ihnen nicht vertraut ist. Das ist es wirklich nicht. Ich denke nur daran, daß du jetzt schon über vierzig Jahre für uns geschuftet hast, für die Tagespolitik, das laugt aus ... Meine Karikaturen gefallen euch also nicht mehr, haben zu wenig Biß, meinst du das? Wollt ihr einen Haitzinger, oder so etwas Ähnliches? – Jetzt laß mich doch mal ausreden, Männe. Ich dachte wirklich nur an dich. Du hast nun mal deinem Vertrag gemäß ab deinem 65. Geburtstag einen Rentenanspruch, das kann ich nicht einfach übergehen, und deshalb muß ich dich fragen, ob du ... Ob ich nicht doch lieber abdanken will? Deshalb habt ihr die Clinton-Zeichnung nicht gebracht? – Männe! Du kennst mich doch lang genug ...

Ich sehe ihn vor mir, Reutlinger junior. Er ist in meinen Augen wie ein altes Hemd, das schon überall abgestoßen ist, aber es trägt sich so gut. Natürlich hätte ich den Hut nehmen können. Finanziell hatte ich ausgesorgt, Rente und Nebeneinkünfte hätten mir längst genügt. Aber ich dachte damals sofort an Iris. Was wäre, wenn wir zusammenleben würden, fragte ich mich. Dann wäre es für mich selbstverständlich gewesen, daß ich auch für sie aufkomme. Ich hätte das gewollt. Ich hätte dann das Geld von der Zeitung gebraucht, meine Rente wäre für uns beide zu wenig gewesen. Denn Volker war nur so freigebig, solange Iris allein lebte. Männe! sagte Reutlinger, ich denke auch noch an etwas anderes. Ich denke, daß du ein begnadeter Zeichner bist. Du bist nur nie richtig zum Zuge gekommen. Als ich achtzehn war und noch nichts von der Zeitung und diesem Geschäft wirklich verstand, sagte er, stand auf und trat ans Fenster, warst du einmal bei uns zu Hause und hast dich mit meinem Vater gestritten. Das hat mich beeindruckt, daß jemand meinem Vater widersprach. Es ging um Saul Steinberg, erinnerst du dich noch daran? Ich nickte, er sah es nicht und sprach auch gleich weiter, als hätte er gar keine Antwort von mir erwartet: Saul Steinberg war etwa seit Beginn der Fünfziger in Deutschland bekannt geworden, ich hatte sein New-York-Plakat in meinem Zimmer an der Wand, hinter Glas natürlich. Er hat namhafte Cartoonisten wie Paul Flora oder Bosc, er hat eigentlich alle beeinflußt, weil er der Karikatur oder dem humoristischen Zeichnen eine völlig neue Note gab. Steinberg machte die Karikatur frei vom Tagesgeschehen oder befreite das Tagesgeschehen gewissermaßen vom Täglichen und gab dem Blick eine über-historische Dimension, arbeitete wie ein Künstler, kannte Effekte und die Wirkung der leichten Farben, er aquarellierte. Das war ungewöhnlich. Ich hatte keine Ahnung, wie gesagt, worüber du damals mit meinem Vater gestritten hast, aber ich weiß noch, daß du Steinberg ablehntest. Später habe ich das besser verstanden. Du hast dich gegen meinen manchmal furchtbar eigensinnigen Vater zur Wehr setzen müssen, weil du die Leute und die Leser hier kanntest. Ein konservatives Völkchen, da soll immer alles schön beim alten bleiben. Denen kann man nicht mit Steinberg kommen, sagtest du und wirst es auch heute noch sagen und hast in gewisser Weise auch recht. Auch Haderer und Deix sind in ihren Ausdrucksmitteln nicht viel weiter gekommen als Gulbransson vor hundert Jahren. – Reutlinger junior setzte sich wieder. Hinter ihm hingen vergrößerte Fotos von alten, noch unzerstörten Stadtansichten. Mein Blick wanderte darüber hin. Ich verstand ihn. Die Stadt war durch den Krieg sehr verändert worden. Aber die wahre Zerstörung hatte eigentlich erst nach dem Krieg begonnen, als Grundstückseigentümer und ein Stadtrat, der volle Kassen brauchte, alte Bauten und Anlagen abreißen ließen, um sie durch Mietskasernen und Kaufhäuser zu ersetzen, die Geld einbrachten. Auf diese Art von Gesichtslosigkeit hätten Zeichnungen à la Steinberg hinweisen müssen. Ich sagte damals zum alten Reutlinger: Das ist hier nicht New York und deine Zeitung ist nicht die New York Times, wir haben keine Farbe, warum soll ich dann einen Buntstift zur Hand nehmen und eine Zeichnung für mich auf dem Schreibtisch schöner machen, als sie in deinem schwarzweißen Tagblatt erscheint. Ich sage nur: Schuster bleib bei deinen Leisten. Und damit hattest du ja im Prinzip auch recht, sagte Reutlinger junior. Mein Vater wollte immer gern seiner Zeit etwas voraus sein. Hier in der Provinz? fragte ich. Zumindest in Gedanken, sagte Reutlinger, er glaubte an dich … Er glaubte an etwas, was ich nicht bin, unterbrach ich ihn. Ich bin ein Zeichner, ein Karikaturist der alten Schule. Ich stamme stilistisch aus wilhelminischen Zeiten, in der die Übertreibung noch bloßstellte, nicht der Über- oder Durchblick. Ich will nur hinweisen, betonen, nicht gestalten … Es entstand eine Pause. «Pause» – dieses Wort verbinde ich immer mit der Vorstellung nutzloser Leere. Es ist ein negativ besetztes Wort für mich, unpersönlich, sogar zerstörend. Warum benutze ich es dann?

Ich brauchte nie viel zu reden, wenn ich mit Iris zusammen war. Das Reden erledigte sie. Es war wie eine ständige Hintergrundmusik, sie erzählte Ereignisse auch gern mehrmals. Das macht mir bis heute nichts aus. Als Praktikantin in der Zeitung war sie einfach nur wunderbar jung. Ich fand ihre Haare toll, ihre Kleidung, obwohl das alles nichts Besonderes war, nichts, um Aufmerksamkeit zu erlangen. Sie trug gerne Schwarz, das paßte zu ihren dunklen Haaren. Aber sonst? Sie wies mich ab, das ist mir natürlich in Erinnerung geblieben. Ich lud sie irgendwann einmal zum Essen zu mir nach Hause ein, damals wohnte ich vorübergehend bei meiner Mutter, sagte Iris aber gleich, daß meine Mutter verreist sei. Vielen Dank, Männe, sagte sie, aber … Kein «Aber», sagte ich, kochen kann ich ganz gut. Ich mache uns ein Omelett, wie du noch nie eins gegessen hast. Doch ein «Aber», sagte sie, ich bin verabredet heute abend. Doch nicht heute! sagte ich. Heute bin auch ich verabredet. Am Donnerstag! – Geht's auch nicht, sagte sie. – Mir war klar, ich hätte jeden Tag der Woche nennen können, sie wollte einfach nicht.

Im Nichtwollen liegt eine kindsköpfige Entschlossenheit. Sie wollte mich nicht. Ich war ihr zu alt. Sie wollte mein Omelett nicht. Ich könnte es auch feiner und direkter ausdrücken: Ich war ihr suspekt. In meinen Glossen habe ich dieses Wort immer mit «ck» geschrieben. Es ist niemandem aufgefallen, es gab nie einen Leserbrief. Als ich aber den Bürgermeister einmal darstellte mit einem aus der Gesäßtasche hervorquellenden Portemonnaie, aus dem wiederum Geldscheine hervorquollen, weil gerade bekannt geworden war, daß er in mehreren Firmen, an die von der Stadt Aufträge vergeben worden waren, im Aufsichtsrat saß, da setzte es Schelte. Die den Bürgermeister gewählt hatten, erlaubten es nicht, daß ich ihn nicht trotz sondern aufgrund besseren Wissens in den Dreck zog, nein: zöge, und zudem noch in seinen eigenen. Wer Ohrfeigen austeilt, bekommt auch welche, sagte daraufhin Reutlinger, Reutlinger senior. Es war unklar, wen er meinte, mich oder den Bürgermeister. Ich fragte auch nicht nach. Gemeindepolitik ist ein Morast, durch den ich immer vermied zu waten. Ich stellte lieber Chruschtschow dar im Wettlauf mit Kennedy, beide mit A-Bomben auf dem Rücken, und Chruschtschow zeichnete ich noch einen Gipsfuß ans Bein, darauf stand «China». Oder, drei Jahrzehnte später, zeichnete ich Arafat als Piraten, zugegeben, alles Dümmliche war in dieser Figur vereint, obwohl es ja Piraten gegeben haben mochte, die intelligent waren und nicht schielten. Möglich, möglich, ich aber war dazu verurteilt, Arafat mit einer Augenklappe darzustellen, weil er ein Pirat war und nur auf einem Auge sah. Und Rabin stellte ich ebenso dar, er und Arafat gaben sich die Hand, beide blickten mit ihrem jeweils offenen Auge in ganz verschiedene Richtungen, Arafat hatte Groß-Palästina im Visier, Rabin Groß-Israel, beide waren bis an die Zähne bewaffnet, auf meiner Zeichnung, Peres war irgendwo im Hintergrund, und alle drei erhielten den Friedensnobelpreis. Wie mich das ekelte, diese Zeichnung anzufertigen. Ich erinnere mich noch an den Abend, ich schwitzte, hatte mir eine Flasche Bordeaux aufgemacht, einen roten aus meiner zweiten Tante-Theresa-Heimat, machte die Zeichnung fertig und rief Iris an. Ich wollte wissen, was sie von dieser Nobelpreisverleihung hielt. Du, sagte sie, Maria ist gerade nach Hause gekommen und hat einen echt netten Jungen dabei. Die Eltern besitzen die große Apotheke in der Bahnhofstraße, die kennst du doch. Ja, sagte ich, da hole ich auch manchmal Medikamente. Was für welche denn? fragte Iris. Ihr Stimme wurde spitz. Für meine Mutter, gegen Rheuma, zu viel Magensäure, Durchblutungsstörungen, alles, was du willst. Aber, fragte ich Iris, denkst du, daß man jemandem, der Waffen trägt, den Friedensnobelpreis geben sollte? Wie kommst du jetzt darauf, fragte sie zurück. Was du darüber denkst, wollte ich wissen, sagte ich ins Telefon. Können wir morgen noch mal telefonieren? fragte sie, Volker kommt gerade nach Hause. Klar, können wir, sagte ich und rief seitdem, solange Volker im Haus lebte, nie mehr an, es sei denn, ich versprach, zu einem ihrer Sommerfeste zu kommen. Ich war erschüttert von Iris' Oberflächlichkeit, aber ich war noch viel mehr erschüttert von meiner eigenen. Das überwog. Ich verzieh Iris, brachte nachts noch meine Zeichnung in den Verlag, am nächsten Morgen war sie auf «Seite Zwei».

Ich habe diese «Seite Zwei» in meinen Mappen gesucht und nicht gefunden. Auch die Originalzeichnung nicht. Es ist entsetzlich, wie unordentlich ich mit meinen Sachen umgehe. Ich werfe die Blätter einfach in irgendeine Schublade meiner Mappenschränke, wie andere Leute angefangene Briefe in ihren Papierkorb. Bei mir liegen Grafiken aus den Achtzigern über meinen ersten ernsthaften Versuchen zu Beginn der Fünfziger. Ich habe mich nie darum gekümmert, ich sollte es aber tun, und das könnte zum Beispiel ein Aspekt eines gemeinsamen Lebens mit Iris sein: bei mir Ordnung zu schaffen. Ich sehne mich danach. Ich habe fünf (!) Mappenschränke in meinem Zimmer. Das sind wunderbare Möbel. Sie haben eine eindeutige Funktion. Ich könnte für jedes Arbeitsjahr eine Schublade reservieren. Aber alleine schaffe ich das nicht, ich fange es gar nicht erst an. Paul Klee habe ich immer bewundert, seine Aquarelle, seine Zeichnungen. Als ich auf die Kunsthochschule ging, sagte mein Professor, Eduard Lauritz: Wenn Sie einmal Zeichner oder Grafiker werden wollen, machen Sie es wie Paul Klee. Geben Sie jedem Blatt ein Datum, registrieren Sie es, legen Sie es sorgfältig ab. Noch besser wäre es, Sie führten eine Art Agenda mit täglichen Werkbeschreibungen. Ob Skizze oder vollendete Grafik, jedes Blatt ist gleich wichtig, hinter jedem steckt eine Idee, ein Gedanke, ein Blick, eine Form. Nie habe ich mich an diesen Rat gehalten. Nur zweimal, während ich die Bücher zusammenstellte, habe ich meine Schubladen durchwühlt. Viele Zeichnungen, die ich fand, waren mir unbekannt. Erstaunlich, daß dieser junge Staatsanwalt die Bücher besitzt. Vielleicht werde ich ihn irgendwann einmal anrufen und ihm sagen, er soll sie mir schicken, dann bekommt er sie mit Signatur und Widmung postwendend zurück. Wie geht es Frau Hellwig? wird er fragen. Sehr gut, sehr gut, sie hat sich von ihrem Schrekken erholt. Sie muß Ihnen sehr dankbar sein, wird er sagen. Das ist sie, das ist sie, werde ich antworten. Der Fall hat uns, ich werde stocken, weil ich nach dem richtigen Wort suche, – vereint. Vereint? Was meinen Sie damit? Ganz einfach: Zwei werden zu einem, wir teilen das Leben miteinander. Ich wohne bei ihr, habe aber mein Apartment behalten, gewissermaßen als Atelier. Sie ist gerade hier, wir ordnen meine Arbeiten, Skizzen, Zeichnungen, grafischen Blätter und die Abdrucke in der Zeitung. Eine Unmenge von Papier. Es ist mir nie bewußt gewesen, daß ich in den vergangenen fünfzig Jahren so viel geschaffen habe. Bis wir damit fertig sind, wird es noch Monate dauern, vor allem weil mir immer wieder Erinnerungen kommen und wir viel miteinander sprechen. Abends gehen wir dann irgendwohin etwas essen oder wir fahren zu ihr, sehen fern, lesen etwas und gehen nicht zu spät schlafen. Da Julia vor zwei Jahren mit ihrem Freund in den Norden gezogen ist, benutze jetzt ich ihr Zimmer. Iris und ich schlafen also getrennt, das war unser beider Wunsch. Aber wir wissen, daß wir einander immer wecken können, wenn uns danach ist oder wenn uns etwas bedrückt. Manchmal sitze ich auch noch bis spät in die Nacht hinein auf ihrem Bett, wir haben eine Flasche Rotwein geöffnet, und Iris erzählt mir, wie es dazu kam, daß sie diesen französischen Abgeordneten kennenlernte, Jean-Pierre, wie sie ihn anfangs nannte. Jetzt aber heißt er einfach nur Fouché, der Idiot. Das reimt sich so gut auf – tot.

II

Als wir zum ersten und einzigen Mal gemeinsam in meiner Wohnung in Arcachon waren, blieb Iris fast eine ganze Woche. Es waren sonnige Tage vor Ostern. Wir machten kleine Ausflüge nach Cap Ferret, zu den Dünen und mit einem der Touristenboote zu den Austernfeldern und der *Ile aux Oiseaux*. Ich hatte mich auch um eine Führung ins Vogelschutzgebiet bemüht, aber da hätten wir vor Sonnenaufgang aufstehen müssen, und das war Iris zu früh. Wir sprachen damals viel über ihre Kinder und ihren Ex-Mann. Sie war es, die viel redete, ich hörte nur zu, versuchte es zumindest, denn ich bin ein schlechter Zuhörer. Wenn jemand auf mich einredet, nicke ich zwar immer wieder einmal mit dem Kopf oder sage etwas Bestätigendes, aber meine Gedanken sind meistens mit meinen Augen unterwegs, bleiben am Gesicht einer Passantin hängen, an einem rollerfahrenden Kind oder auch an einer Gruppe von Stühlen um einen Tisch, von dem gerade junge Leute aufgestanden sind, etwa im *Café de la Plage*, wo ich so gerne sitze, wenn ich in Arcachon bin. Die Stühle sind unordentlich gegeneinandergeschoben. Auf dem Tisch stehen leere

Kaffeetassen und halb ausgetrunkene Wassergläser. Die Szene, die ich zeichnen würde, ist menschenleer, aber die Möbel und Gegenstände reflektieren noch den Puls der fortgegangenen Gäste, das Gewicht der Körper auf den Stühlen, den Druck der Hände auf den Lehnen, die Berührung der Lippen an den Gläsern. Dann kommt die Kellnerin, rückt die Stühle an ihren Platz, stellt Tassen und Gläser auf ein Tablett, wischt den Tisch ab, schiebt den Halter mit der Getränkekarte in die Mitte, einen Aschenbecher daneben, überfliegt alles mit einem prüfenden Blick und geht mit dem vollen Tablett davon. Iris hat sich mir zugewendet, sitzt und redet, ich höre sie nicht, ich weiß nur, daß sie spricht. Statt dessen sehe ich, daß Stille eingekehrt ist, die Stille des Wartens, Tische und Stühle warten. Ich blicke zur Tür, ob sie aufgeht, wann sie aufgeht, ob jemand kommt, wer kommt, ob ich die Leute kenne, die kommen. Ich warte schweigend.
Aber wenn das so weitergeht, sagte Iris, daß die Kinder – vor allem Maria, die doch nun langsam erwachsen genug ist – im Haus nichts tun, nichts wegräumen, nach dem Essen stillschweigend verschwinden und später immer eine Ausrede haben, wenn das so weitergeht, weiß ich nicht, was ich machen soll. – Ich dachte, Maria wohnt in einer WG in der Stadt, sagte ich. – Macht sie auch, aber von sieben Tagen in der Woche ist sie vier bei mir, kommt mit der Wäsche, telefoniert auf meine Kosten, holt sich was zu trinken, und Mama darf am nächsten

Morgen wieder losfahren und den Kühlschrank füllen, die Wäsche aufhängen und die Telefonrechnung bezahlen. – Dann mach das eben mal nicht, und du wirst sehen, was passiert, sagte ich. – Du hast gut reden, sagte Iris. – Damit hatte sie recht. Mir war klar geworden, daß es unsinnig war, mich einzumischen und Ratschläge zu geben. Als wir ankamen in Arcachon, als sie von der Wohnung begeistert war, vom Blick auf das Bassin, in dem das Wasser des Meeres so ruhig wie in einem See stand, sagte sie mit einem Seufzer, hierher würde sie jederzeit wieder zurückkommen, hier würde sie sogar leben wollen. Da hatte ich einen Moment lang die Hoffnung gehabt, das würde auch mich einschließen. Zu mir zurückkommen, überhaupt: zu mir kommen. Aber sie sah mich nicht an, während sie ihrer Begeisterung Ausdruck gab. Ich besaß etwas, was auch sie gern gehabt hätte, mehr war es nicht. Ich brauchte ein wenig, bis mir die Konsequenz dieser Beobachtung deutlich wurde: daß ich für Iris nicht viel mehr war als ein guter Bekannter, ein alter Freund. Ich lud sie zum Essen ein, zum Wohnen, ich sagte ihr, sie könnte, wann immer sie wolle, hier Ferien machen, allein oder mit den Töchtern. Gern, sagte sie und strahlte mich kurz an, sagte, sie müsse noch mal schnell für kleine Mädchen, verschwand im Badezimmer, und danach gingen wir hinunter ins *Café de la Plage*.

Ein Jahr später fuhr Iris in den Pfingstferien das erste Mal allein nach Arcachon. Sie hatte zwei Wochen vorher angerufen und gefragt, ob sie die Wohnung haben könne – für sich, nur für sich, sie müsse unbedingt mal allein sein. Es sei denn, sagte sie sofort anschließend, du willst selbst dorthin. Nein, nein, wehrte ich ab und biß mir dabei fast auf die Zunge. Ich überlegte mir nie vorher, wann ich nach Frankreich fahren würde, ich tat es einfach. Daß ein anderer, sogar Iris, die für mich keine «andere» war, sich ebenso selbstverständlich verhalten könnte, war mir nie in den Sinn gekommen. Ich glaube, ich wäre diese Pfingsten ganz sicher ans Becken gefahren und hätte vielleicht sogar Iris vorher ganz spontan gefragt, ob sie mitwolle, wie im Herbst zuvor, als sie aber von zu Hause «unmöglich» wegkonnte. Ihr «unbedingt allein sein» versetzte mich in eine Art Bann, deshalb hatte ich so schnell «nein, nein» gesagt. Wirklich? fragte sie. Das ist ja phantastisch. Wann kann ich mir den Schlüssel holen? Jederzeit, sagte ich. Kannst du nicht abends kommen, fragte ich, auf ein Glas Wein? Denn wir müssen ja auch einiges besprechen. Abends konnte sie nicht. Wir verabredeten uns für den kommenden Sonntag. Vier Tage mußte ich auf diesen Sonntag warten, vier Tage voller Unruhe, weil ich mich fragte, warum ich so schnell zugesagt hatte. Natürlich, ich hatte ihr die Wohnung angeboten, aber was wollte sie allein dort unten? Ich hatte ihr doch vor allem diese Wohnung, diese Möglichkeit gezeigt, damit ich in ihrer Nähe sein konnte. Eine Woche wollte sie bleiben, hatte sie gesagt und mir die Daten durchgegeben. Ich überlegte hin und her, ob ich es so einrichten sollte, daß ich zumindest zwei Tage vor ihrer Abreise auch in Arcachon sein könnte, gewissermaßen zur Schlüsselübergabe. Aber ich wußte nicht, ob das gut wäre. Außerdem würde ich nachträglich mein Wort brechen.

«NEIN, NEIN», hatte ich gesagt. Diese Negation beschäftigte mich so sehr, daß ich anfing, daraus Zeichnungen zu machen. Sie sollten Negationen darstellen. «Ceci n'est pas une pipe» hat Magritte unter die Abbildung einer Pfeife geschrieben und damit die Negation in die Malerei eingeführt, in der es ebensowenig wie in der Natur eine absichtliche Negation gibt. Und er hatte sich davor gehütet, die Pfeife durchzustreichen, was ja keine Negation bedeutet hätte sondern eben nur ein gemaltes Kreuz. Lilian Horse hat einmal zeichnerisch über die Wörter «NO, NEIN, NJET» usw. nachgedacht und sehr lustige Lösungen gefunden: Ein Hamster in einem Hamsterrad denkt an einen Hamster in einem Hamsterrad, vor das sie ein N gezeichnet hat. Es gibt auch noch ein paar schöne Blätter von Hesperos zum Thema «Nein», zum Beispiel das einer vor Angst schlotternden Maus, die einer Katze ein Stück Käse anbietet. Je länger ich in meinen Büchern nachschaute, desto weniger fiel mir ein. Schließlich kritzelte ich eine Guillotine aufs Papier, daneben den Scharfrichter mit einer Sprechblase: «Schuldig oder nicht schuldig?» Auf dem Bretterboden liegt der erschlaffte Leib des Hingerichteten, sein schon abgeschlagener Kopf, aus dem eine Blutlache rinnt, in der man das Wort «Nein» erkennen kann. In irgendeiner meiner Schubladen muß das Blatt noch sein. Wenn ich mit Iris hier alles ordne und archiviere, wird es auftauchen, und dann erkläre ich ihr den Anlaß. Sie kam am späten Sonntagnachmittag recht pünktlich, ich hatte einen guten Weißwein kalt gestellt, aber sie wollte nur eine Tasse Kaffee, ließ sich von mir die Schlüssel erklären, das An- und Abstellen des Wassers, dankte mir nochmals überschwenglich, und schon war sie weg. Vom Küchenfenster aus sah ich, wie sie mit ihrem wehenden langen Rock in ihr Auto einstieg und davonfuhr. Da beschloß ich, ebenfalls über die Pfingstfeiertage ans Becken zu fahren.

ICH FLOG nach Bordeaux und mietete dort einen Wagen, fuhr aber nicht über die Autobahn nach Arcachon, sondern auf der D 106 Richtung Cap Ferret. Mir fielen die dunklen, mannshohen Silhouetten menschlicher Figuren am Straßenrand auf, die an vielen Nationalstraßen Frankreichs stehen, geisterhafte Schemen aus schwarz angestrichenem Sperrholz wie die Reklame-Stiere für Weinbrand in Spanien. Auf einem Schild las ich im Vorbeifahren die Zahl «49», die Zahl derjenigen, die sich auf dieser Strecke zwischen dem Cap Ferret und Bordeaux bisher zu Tode gefahren hatten. Nach einer halben Stunde bog ich auf eine Landstraße ab, die direkt nach Andernos-les-Bains führte. Die kleine Stadt liegt am hintersten Rand des Beckens genau gegenüber der Öffnung des Bassins zum Meer. Ich fand ein Hotel in einer Seitenstraße des *Boulevard de la République.* Die junge Dame an der Rezeption wollte wissen, wie lange ich bleiben würde. Ein paar Tage, sagte ich. Das Zimmer war bescheiden, ein Bett, ein Schrank, ein Stuhl, nicht einmal ein Tisch. Am Abend ging ich an der *Place Gambetta* etwas essen, lief hinaus auf die Mole bis zum Ende und sah auf die Lichter von Arcachon auf der anderen Seite des Beckens. Es reizte mich, zu meiner Wohnung zu fahren, Iris würde erst morgen kommen. Ich tat es nicht. Ich ging früh zu Bett wie alle in dieser Gegend. Am nächsten Morgen erkundigte ich mich im Touristikbüro nach einer Pension und hatte Glück. Ich fand noch ein Zimmer bei einer Austernfischerfamilie, einem jungen Ehepaar mit einem dreijährigen Mädchen. Das Zimmer war groß, lag in einem niedrigen, ans Haus angebauten Trakt und hatte einen eigenen Eingang. Ich müsse allerdings den Weg durch den Garten nehmen, der nachts leider nicht beleuchtet sei, entschuldigte sich die junge Frau. Das macht nichts, sagte ich. Dunkelheit war gut, ich brauchte Dunkelheit. Sie soll mich umgeben während meines ganzen Aufenthalts, wünschte ich mir. Iris hatte mit dem Auto fahren und erst eine Freundin in Paris besuchen wollen. Ich schätzte, daß sie gegen Abend des nächsten Tages in Arcachon ankommen würde, fuhr gegen fünf Uhr dorthin, fand einen guten Parkplatz, nicht zu nah am Haus, rutschte ein wenig tiefer in den Sitz meines Wagens und wartete. Ich malte mir verschiedene Szenen aus: Daß mich jemand aus Arcachon, den ich kannte, ein Handwerker, der Makler, Monsieur Labiche vom Grundbuchamt zufällig im Auto sitzen sahen und erkannten. Ich würde aussteigen müssen, mich unterhalten, und, obwohl ich extra einen Hut aufgesetzt hatte, den ich sonst nie trug, würde Iris, gerade ankommend, genau neben uns halten und sagen: Was machst du denn hier? Diese Vorstellung war mir so unerträglich, daß ich schon wieder im Begriff war wegzufahren, als ich Iris sah. Sie kam die Treppe des Hauses herunter, ging durch den kleinen Vorgarten, trat auf den Bürgersteig und wandte sich nach links. Ich wußte sofort, wo sie hin wollte: ins *Café de la Plage*. Sie war also früher angekommen, als ich mir ausgerechnet hatte. Sie verhielt sich ganz normal: sich umblickend, suchend, sich entscheidend. Das verbot mir, ihr zu folgen. Ich fuhr zurück nach Andernos, aß auf meinem Zimmer noch ein Stück Käse und Brot, trank ein Glas Rotwein, las ein paar Seiten in einem Buch und knipste schließlich die Nachttischlampe aus.

Was war das für ein Buch? wird mich Iris fragen, wenn ich auf ihrem Bett sitze und wir dabei sind, uns gegenseitig unsere Geschichte und Geschichtchen zu erzählen. Sie hat einen roten Kopf bekommen, weil es sie aufregt, daß ich ihr damals gefolgt bin. Ein Kochbuch, sage ich schmunzelnd. Was für ein Kochbuch? *Klassische französische Küche*, so hieß es, ein Time-Life-Buch aus den 70er Jahren, das ich mir antiquarisch besorgt hatte. Ich habe es immer noch, im Regal in meiner Küche, dort, wo die Kochbücher stehen. Wer hat es dir empfohlen? will sie wissen. Das ist ein Geheimnis! Ich versuche, sie zu necken. Eine Frau? fragt sie. Ich verheimliche ihr den Namen, ich weiß ihn gar nicht mehr, irgend jemand aus der Redaktion war es, vielleicht Henkel, der gern kochte und traditionelle Gerichte liebte. Henkel war für die «Seite Zwei» zuständig, er starb vor drei, vier Jahren. Mein Gott hatte der ein Begräbnis, der ganze Waldfriedhof war voll von Leuten. Ja, Henkel muß es gewesen sein, aber ich bleibe Iris gegenüber dabei, daß ich den Namen nicht preisgebe. Sie nennt mich einen Feigling. Ist es jemand, den ich kenne? fragt sie. Möglich, sage ich. So reden wir um den heißen Brei. Ich merke, daß sie zwar furchtbar neugierig ist auf die Fortsetzung meiner Geschichte; andererseits scheint sie ihr peinlich zu sein. Wir können ja morgen darüber weiterreden, sage ich und stehe auf. Sie schaut mich müde an, und wie zur Bestätigung muß sie gähnen, hält sich dabei nicht die

Hand vor den Mund, weil sie die Arme schon unter der Bettdecke hat. Ich blicke ihr in den aufgerissenen Mund, sehe den Rachenraum, plombierte Backenzähne, goldene Überkronungen und, weil sie unwillkürlich beim Gähnen den Kopf in den Nacken legt, ihre schwarzen Nasenlöcher. Iris sieht meinen Blick, ist überrascht, wühlt ihre rechte Hand unter der Bettdecke hervor und legt gleich den Handrücken über den Mund. Noch im Gähnen sagt sie mit der ausstoßenden Luft verschwommen die Worte: Entschuldige, ich bin plötzlich so müde. Ich stehe schon neben ihrem Bett, beuge mich über sie, gebe ihr einen Kuß auf die Stirn, sage: Schlaf gut, bis morgen, und gehe in mein Zimmer. So wird es sein.

Am nächsten Tag, wenn wir wieder bei mir sind und meine Zeichnungen ordnen, werde ich ihr weitererzählen: Ich stand früh auf, fuhr nach Arcachon, trug Hut und Sonnenbrille und parkte wieder in der Nähe der Villa. Iris erschien etwa gegen halb zehn, schritt durch den Vorgarten und wandte sich diesmal, ohne zu zögern oder sich umzuschauen, nach links. Sie trug weiße Hosen, ein weißes T-Shirt und lief über den Bürgersteig wie eine sommerliche Erscheinung. Ich stieg aus dem Auto, beeilte mich nicht, ihr zu folgen, denn ich wußte ja, wo sie hinwollte. Wenig später sah ich sie draußen vor dem *Café de la Plage* an einem der Tische sitzen. Ich verbarg mich hinter einem Kinderkarussell, das auf dem Platz vor der Mole aufgestellt war. Sie hatte sich einen Kaffee bestellt und ein Croissant, an dem sie herumknabberte. Ich bekam Hunger und hätte nichts lieber getan, als mich zu ihr zu setzen. Es war ein wunderbarer Tag, blauer Himmel. Iris schien das alles sehr zu genießen. Ein paarmal setzte sie die Sonnenbrille ab und ließ ihr Gesicht von der Morgensonne bescheinen. An ihrem Nachbartisch saß ein älteres Ehepaar, das ebenfalls gefrühstückt hatte. Es waren Deutsche, beide trugen Gesundheitssandalen. Sie zahlten, standen auf und gingen zum Parkplatz an der Mole. Ich war ihnen mit meinen Blicken gefolgt, sah sie zwischen geparkten Autos verschwinden, hörte noch das Zuschlagen von Türen, das Anlassen des Motors, sah einen Wagen ausparken, hörte ein anderes Auto kommen und wollte gerade zu Iris zurückblicken, als es einen dumpfen Schlag gab. Sekunden später – jetzt würde ich gern mit Iris über «Sekunden» sprechen, was das heißt, wenn wir so ein Wort benutzen, um etwas Erinnertes zu beschreiben – ich sitze wieder auf ihrem Bett und sage: Sekunden später, – was übertrieben klingt, denn man braucht eine gewisse Zeit, um sich von einem Schock zu erholen, also: Nur ein paar Augenblicke später sah ich zwei Autos, einen Golf und einen Jeep, die zusammengestoßen waren und deren Stoßstangen sich ineinander verkeilt hatten. Das deutsche Ehepaar stieg aus dem Golf, aus dem Jeep ein Mann im dunklen Anzug. Sie gingen um ihre Autos herum aufeinander zu, standen da als kleine Gruppe, senkten ihre Köpfe und starrten auf den Schaden. Dann wurde gesprochen, deutsch und französisch, und bald war mir klar, daß der Franzose kein Deutsch konnte und die Deutschen nur ein paar Brokken Französisch. Mein Blick ging zu Iris zurück. Sie war aufgestanden und schaute zum Parkplatz. Ich sah, wie sie herüberkam und auf die kleine Gruppe zuging. Kann ich Ihnen helfen? fragte sie erst auf deutsch, dann auf französisch: *Puis-je vous aider?* Hätte sie sich in diesem Moment umgeschaut, hätte sie mich entdeckt. Ich stand völlig frei, war unvorsichtigerweise hinter dem Karussell hervorgetreten und flüchtete, als mir das bewußt wurde, in Richtung der Tische des Cafés. Plötzlich stand ein Kellner neben mir und fragte mich, was passiert sei. Nichts von Bedeutung, sagte ich auf französisch, ein kleiner Unfall, eine Kollision, eine «Dommage de radotage», sagte ich. Der Kellner brach in Lachen aus. Das gibt es nicht, sagte er, «radotage» – das bedeutet «Nonsens». Sie meinen «tôle – dommage des tôle.» «Radotage» – das kann man nur reden, red kein Blech, in diesem Sinne, verstehen Sie? Was darf ich Ihnen bringen? Nichts, danke nichts, sagte ich, jedenfalls nicht hier draußen. Ich redete dummes Zeug und verhielt mich dumm. Iris konnte jederzeit zurück zu ihrem Tisch kommen.

Ich folgte dem Kellner in das Café hinein und ging auf die Toilette. Ich wußte ja, sie hatten ein richtiges WC, nicht so eins, wo man sich hinhocken muß über ein Loch wie in meinem Gästebad. Ich haßte es, über einem Loch zu hocken und meinen Darm aus einem Loch in ein anderes zu entleeren. Als ich vorsichtig in das Café zurückging, sah ich durch die Fensterscheiben, daß Iris wieder auf ihrem Platz auf der Terrasse saß. Ihr gegenüber, das Gesicht mir zugewandt, saß der Franzose im dunklen Anzug. Sie sprachen miteinander. Ich rief dem Kellner zu, er solle mir einen Ricard bringen, und setzte mich an einen Tisch direkt vor dem großen Terrassenfenster. Ich setzte mich so, daß ich die beiden im Blick hatte, mich aber gleich abwenden konnte, sollte sich Iris umschauen oder gar aufstehen und den Barraum betreten. Für einen Moment lenkte mich der Kellner ab, als er den Ricard brachte. Ich sah aus den Augenwinkeln, wie er das Glas und die Karaffe mit Wasser auf den Tisch stellte, ich sah seine Hand erst mit dem Glas, in dem leicht die hellgelbe Flüssigkeit schwappte, und dann dieselbe Hand mit der Karaffe. Da beugte sich der Franzose Iris entgegen und streckte seine Hand aus mit dem Handteller nach oben. Iris legte etwas hinein, er schloß die Hand zur Faust, stand auf und ging. Wenig später rief Iris den Kellner, zahlte, verließ die Terrasse und nahm den Weg seitlich des Cafés. Von dort aus kam man zu meiner Wohnung. Ich war überrascht, trank mit nur wenig Wasser verdünnt meinen Ricard, legte Geld auf den Tisch und verließ das Lokal, lief auf die Mole hinaus, machte auf halbem Weg halt und drehte mich um. Ich hatte das Haus mit meiner Wohnung sofort im Blick, sah den Balkon im zweiten Stock, und dort standen sie zusammen am Geländer, Iris und der Franzose. Sie umarmten sich und schienen sich zu küssen. Ihre Gesichter konnte ich nicht sehen, über ihr Verhalten gab es keinen Zweifel.

WAS SOLLTE ich anderes tun, als zu meinem Auto zurückzugehen, mich hineinzusetzen und zu warten. Nach etwa einer halben Stunde kam der Franzose aus dem Haus und ging mit schnellen Schritten in Richtung des Parkplatzes an der Mole. Als er aus der Auffahrt herausgefahren kam, folgte ich ihm, mir war ganz egal wohin. Aber er fuhr nur um das halbe Becken von Arcachon herum nach Andernos, in einen etwas abgelegenen Teil des Ortes, und hielt vor einer Villa, einem großen Haus mit zwei Türmen und einer Auffahrt. Es war sicher eines der besten und vornehmsten Häuser in Andernos. Ich notierte mir Straße und Hausnummer und fuhr zu meinem Quartier. Unter einem Vorwand sprach ich die Frau meiner Gastfamilie an, als sie gerade im Garten war. Ich nannte ihr die Adresse des Franzosen. Sie wußte sofort, wer da wohnte. Das ist Monsieur Fouché, sagte sie, und das Haus ist das Elternhaus seiner Frau, Madame Fouché. Aber ihr Mädchenname war doch anders. Natürlich, sagte die junge Frau, Jaspart hießen die Eltern von Beatrice. Sie kennen sie? Hier kennt jeder jeden. Madame Fouché engagiert sich sehr im Kindergarten, sie hat selbst keine Kinder, wissen Sie, aber sie ist sehr oft dort, und Jean-Pierre und Beatrice haben schon viel für den Kindergarten getan, auch gespendet. Eine reiche Familie? Sie ist von Haus aus ziemlich wohlhabend. Die Familie Jaspart hat hier viel Land besessen, aber da kenne ich mich im einzelnen nicht aus. Fragen Sie am besten Vincent, meinen Mann, der weiß mehr. Und Monsieur Fouché, was macht der? Oh, der ist *Député* in Bordeaux.

Wir haben uns in Paris kennengelernt, sagte Iris, als ich sie das erstemal in der Haft besuchte und, den Unwissenden und von allem Überraschten spielend, nach dem *Député* fragte. Sie saß vor mir wie ein Häufchen Elend, mit vom Weinen verquollenen Augen. Es war ihr Unrecht geschehen und es geschah ihr erneut, indem ich verheimlichte, wieviel ich wußte. Wo habt ihr euch in Paris kennengelernt? fragte ich. In einem Hotel an den *Champs Élysées*. Das war noch vor der Trennung oder vielmehr während der Trennung von Volker, sagte sie. Ich hatte den Auftrag, dort am Rande eines Kongresses die Zusammenkunft von Vorstandsmitgliedern eines Autokonzerns zu organisieren, deshalb spielte Geld keine Rolle. Es mußte nur klappen. Also schickte man mich dorthin, um das zu arrangieren. Ich hatte nicht viel zu tun, besah mir die Räumlichkeiten, vergewisserte mich, daß die Termine stimmten, mehr war das nicht. Am Vormittag saß ich in der Lobby, trank einen Kaffee, mein Gepäck stand schon in der Halle, da sprach mich Jean-Pierre an. Er hatte mich mit einer Bekannten verwechselt. So lernten wir uns kennen. Und wie seid ihr beide nach Arcachon gekommen, fragte ich. Er stammt aus Bordeaux, sagte sie, aber er wohnt in Andernos. Wohnte, sagte ich. O ja, natürlich, sagte Iris zögernd und fuhr fort: Seine Frau saß … Sitzt, unterbrach ich sie. «Sitzt», verbesserte sie sich, … wie eine Krake in einer Supervilla, alter Familienbesitz, da war ich natürlich nie drin. Aber das erste Mal habe ich mich mit Jean-Pierre in Paris getroffen, das zweite Mal dann in Arcachon. Iris begann, sich an den Händen zu kratzen. Weißt du, was mir hier fehlt, sagte sie, eine Feuchtigkeitscreme. Könntest du mir das nächste Mal eine mitbringen? Bestimmte Marke? fragte ich und lächelte. Nein, nein, nur irgendeine, wehrte sie ab. Und wo habt ihr euch in Arcachon getroffen? Im Café bei deiner Wohnung. Wir hatten uns für eine Stunde verabredet, mehr Zeit hatte er nicht. Dann hatte er mit seinem Wagen einen kleinen Auffahrunfall, ausgerechnet mit einem deutschen Rentnerehepaar, das natürlich kaum ein Wort Französisch sprach. Aber es war ja auch nichts passiert, nur ein paar

Schrammen an den Stoßstangen, es war nicht einmal ein Blechschaden. Die Deutschen waren äußerst freundlich, sagte sie. Jean-Pierre hat sie zu einem Besuch ins Stadtparlament von Bordeaux eingeladen, und stell dir vor, die haben das tatsächlich ein Jahr später gemacht. Warum nicht? sagte ich, wenn er schuld gewesen ist. Beide Parteien haben nicht aufgepaßt, sagte sie, aber Jean-Pierre war der Zwischenfall gar nicht unrecht, vielleicht hat er ihn sogar provoziert. Warum das? Na, jeder in Arcachon und Umgebung kannte doch Jean-Pierre. Da konnte er sich nicht einfach mit einer Fremden treffen. Aber als der kleine Unfall passierte und ich merkte, daß er darin verwickelt war, winkte er mich – ich saß auf der Caféterrasse – unauffällig herbei, und ich, als Deutsche, spielte die Übersetzerin. So war es dann ganz selbstverständlich, daß er sich, nachdem die Angelegenheit geklärt war, zu mir an den Tisch im Café setzte. Und dann, fragte ich, was habt ihr dann gemacht? Geredet, sonst nichts. Er mußte auch gleich wieder weg, nach Bordeaux. Wir trafen uns erst ein halbes Jahr später wieder. Es war also alles ganz harmlos? fragte ich. Zu dem Zeitpunkt, ja, sagte sie. Sie blickte mich dabei nicht an. Ich sah, daß sie mich anlog. Und was war dieser Jean-Pierre für ein Typ? fragte ich. Äußerst charmant, sagte sie. Hast du ihn umgebracht? fragte ich. Aber nein! Könntest du dir vorstellen, daß ich einen Menschen umbringe? Letzte Woche, als die Sache passierte, war ich einfach nur sauer auf ihn, ich habe ihm gesagt: Das ist das letzte Mal, daß wir uns treffen! Mehr nicht. Ich war wütend. Und wütend bin ich von dort weggefahren, und ich kehre niemals wieder dorthin zurück. Nie wieder. Nein, ich habe ihn nicht umgebracht. Das war ein anderer. Wie hätte ich denn das machen sollen – sie fing an zu weinen – ihn mit einem Boot in die Austernfelder bringen, wie denn?

NACHDEM ICH während meines ersten Aufenthalts in Andernos herausgefunden hatte, wer der Mann war, den Iris in meine Wohnung mitgenommen hatte, fuhr ich am späten Nachmittag noch einmal nach Arcachon. Ihr Auto stand noch auf demselben Platz. Das beruhigte mich. Ich wagte es nicht, ins *Café* zu gehen oder auf die Mole. Da ich wußte, daß sie wegen eines anderen Mannes hier war, fürchtete ich noch mehr, ihr zu begegnen. Ich fuhr zurück zu meinem Quartier in Andernos, holte meinen Skizzenblock und ging zu Fuß zu den Hafenbecken der Austernfischer. Auf meinem Weg dorthin kam ich am städtischen Kindergarten vorbei, dort, wo sich Madame Fouché, die Betrogene, oft aufhielt. Ich fragte mich, was sie für eine Frau war, wie sie aussah. Ich fragte mich, was Iris gerade tat. Saß sie auf dem Balkon, schaute in die langsam sinkende Sonne? Es ärgerte mich, daß ich ihr meine Wohnung überlassen hatte, während ich selbst in einem Zimmer untergekrochen war. Ich verstand sie nicht. Wie hatte sie sich mit einem Franzosen einlassen können, den hier jeder kannte, und der mit einer wohlhabenden Frau aus alter Familie verheiratet war? Was für exotische Schmetterlinge tanzten in ihrem Kopf?

ICH KAM zu den Arbeitshallen der Austernfischer, niedrige Gebäude, Baracken ähnlich, entlang des vom Meer abgeteilten Hafenbeckens. Die Austernfischer schienen bereits mit ihrer Arbeit fertig zu sein, die großen Schiebetüren der meisten Hallen, die sie *ateliers ostréicoles* nennen, waren geschlossen. Seitlich des Weges zum Hafen hin lagen die Arbeitsgeräte, verrostete Gestelle, die aussahen wie Tische ohne Tischplatten. Ich sah Stapel von gewellten, gekalkten Dachziegeln und Gitternetze wie überdimensionale Einkaufstaschen. Im Hafen lagen die meisten Boote auf dem schwarzmodrigen Grund, es war Ebbe. Dieser Anblick kam insgesamt meiner Art des Zeichnens entgegen: graphische Strukturen, wenig geschwungene Linien, nur harte Striche, senkrecht, waagerecht, quer, diagonal, sich wiederholende Bögen, Flächen voller Schraffuren. Vor einer der geschlossenen Hallen stand ein Stuhl, den borgte ich mir stillschweigend aus, setzte mich mitten zwischen die abgelegten Gerätschaften und begann zu zeichnen. Es sind nüchterne Bilder geworden, schwarzgrau wie der nackte Meeresboden, schlammig, formlos, trüb. Sie entsprachen meiner Stimmung. Als ich genug von dem Gestrichel hatte, wendete ich mich den Hallen zu. Große Plakattafeln davor oder über den Schiebetüren priesen die Ware an und in fetten Buchstaben standen darunter die Namen der Austernfischer: VINCENT ORTOLÍ, das war der, bei dem ich wohnte, daneben ALAIN CREVEL, eins weiter JEAN-CLAUDE ASSAS und als letzter PAUL DEVILLE. Fast alle Tafeln hatten einen leuchtend blauen Untergrund. Wie Reklameschilder für Wasser in der Wüste, war mein erster Gedanke. Ich zeichnete eine Wüstenlandschaft und mitten hinein eine der Reklametafeln und schrieb darauf: «Frische Austern!» Auf einem anderen Blatt skizzierte ich eine Auster mit einer Gedankenblase, in die hinein ich einen Sarg zeichnete. Aber das Blatt gefiel mir nicht, die Auster sah aus wie ein flacher Stein, hatte nichts Charakteristisches, an dem man sie sofort erkennen könnte. Ich wollte die Zeichnung gerade durchstreichen, als ich jemanden direkt hinter mir lachen hörte. Ich drehte mich um und sah in das Gesicht von Vincent Ortolí. Das ist gut, sagte er. Ich weiß nicht einmal richtig, wie eine Auster aussieht – als Ganzes, fügte ich hinzu. Ich habe sie bisher immer nur geöffnet, gewissermaßen halbiert, vor mir liegen gehabt, oder sie lagen in einem Korb übereinander und sahen alle gleich undefinierbar aus.

So kamen Vincent und ich ins Gespräch und freundeten uns schnell an. Es ging etwas Frisches und Unbekümmertes von diesem Mann aus. Er war stolz auf seine kleine Familie und begeistert von seiner Arbeit. Er zeigte mir sein *Atelier*, die Maschinen, mit denen die Austern sortiert und gesäubert und die jungen Austern von den Ziegel-Kollektoren abgeschabt werden. Hinter der Halle waren große Bassins, in denen die Muscheln in Meerwasser quasi zwischengelagert wurden, ein jahrhundertealtes System der Austernzucht. Wir saßen dann noch eine halbe Stunde in seinem Büro. Vincent hatte eine Flasche Weißwein geöffnet und überredete mich, am nächsten Morgen mit hinauszukommen zu seinen Austernfeldern. Gegen Mittag, sagte er, sind wir wieder zurück, aber wir müssen sehr früh raus, noch vor Sonnenaufgang. Ich sagte ihm, daß ich damit keine Schwierigkeiten haben würde und erzählte ihm von meinem Schulpraktikum im Vogelschutzgebiet *Le Teich*. Bevor wir zu ihm nach Hause fuhren, gab mir Vincent noch eine Auster, ein besonders schönes Exemplar, sagte er, die kannst du zeichnen. Ich wurde zum Abendessen eingeladen, saß mit Juliette und ihm am Tisch, es gab eine Gemüsesuppe und danach Käse, dazu ein Glas Rotwein. Während wir aßen, erwähnte Juliette, seine Frau, die er «Joli» nannte, daß ich mich nach Jean-Pierre Fouché erkundigt hätte, und Vincent wollte sofort wissen, warum. Mir sei nur das Haus aufgefallen, sagte ich, ein untypisches Haus für diese Gegend, mehr nicht. Es gibt viele solcher alten Villen hier am Becken, sagte Vincent, man sieht sie nur nicht. Sie liegen normalerweise zurückgesetzt von der Straße, und bei dem Haus der Jasparts sei das auch so gewesen. Aber man habe den Weg durch den Kiefernwald zu einer Straße ausgebaut. Deshalb könne man das Haus jetzt sehen. Diese Häuser seien alle sehr geheimnisvoll. Was meinst du mit «geheimnisvoll»? fragte ich. Man weiß nicht, was in ihnen geschieht. Was soll schon in ihnen geschehen? Familienfeste, ab und zu ein Streit … Ab und zu? Vincent unterbrach mich. Vincent! sagte Juliette in zurechtweisendem Ton und begann, die Teller einzusammeln. Er ist nicht gut auf die Fouchés zu sprechen, sagte sie dabei. Haben sie dir etwas getan? wandte ich mich an Vincent. Nicht direkt, sagte er und schwieg. Ich merkte, daß er nicht darüber sprechen wollte. Erst später, viel später bei meinem zweiten Besuch, vertraute er mir an, daß er Fouché nicht leiden könne, als Mann nicht. Als *Déput*é würde er ihn akzeptieren, da hätte er viel für die Region getan. Und Beatrice sei ganz in Ordnung. Sie würde mit Antiquitäten handeln, Joli sei gut mit ihr befreundet – das war alles, was ich je von Vincent über die Fouchés erfuhr. Juliette nahm die Käseplatte vom Tisch und fragte, ob ich noch etwas zum Abschluß trinken wolle, einen Cognac. Oder haben wir noch etwas von dem Calvados von deiner Schwester? rief sie aus der Küche. Ich lehnte beides ab. Ich merkte, daß Vincent müde war. Seit fünf Uhr morgens war er auf den Beinen, und um fünf Uhr, in nicht einmal sieben Stunden, begann die Arbeit von neuem. Ich verabschiedete mich. Vincent versprach, mich zu wecken. Als ich in meinem Zimmer saß, ergriff mich ein eigenartiges Gefühl. Ich hatte an diesem einen Tag so viel erlebt: Ich war meinem Nebenbuhler begegnet, hatte miterleben müssen, wie meine Wohnung ausgenutzt wurde, und ich hatte eine junge Familie kennengelernt, die nichts von mir wußte und aufgrund einer einfachen Zeichnung von einer Auster, die sich selbst zu Lebzeiten als Sarg vorstellt, Vertrauen zu mir gefaßt hatte.

An diesem Abend ging ich früh zu Bett und träumte von meiner Tante Theresa. Sie machte mir schwere Vorwürfe, daß ich mich nicht um meine Kinder kümmerte, während sie gleichzeitig mit den Zwillingen auf dem Platz vor dem *Café de la Plage* Karussell fuhr. Ich bat sie, mir doch endlich die Kinder wiederzugeben, aber Tante Theresa wehrte sich und fuchtelte mit den Fäusten in der Luft herum. Haltet an! rief ich, weil die Karussellfahrt immer schneller wurde, sah, wie Kettenglieder krachend brachen und die Zwillinge gleich ins offene Meer hinausgeschleudert werden würden, als es an meiner Tür klopfte und ich Vincents Stimme hörte, ich müsse jetzt aufstehen. Im Raum war es völlig dunkel, ich wußte nicht gleich, wo ich war, aber ich antwortete mechanisch, ja, ich komme. Eine halbe Stunde später stand ich auf seinem Boot in der Dunkelheit, die Kapuze einer Öljacke über dem Kopf, weil es leicht regnete, und wir fuhren hinaus in das Becken von Arcachon.

Du kannst schön erzählen, wird Iris sagen, wenn ich an dieser Stelle angekommen bin. Sie wird die Beine unter der Bettdecke hochziehen und anwinkeln, sagen, gib mir noch einen Schluck Wein. Ich werde mir komisch vorkommen, weil ich nicht mehr abschätzen kann, ob ihr Blick lauernd oder bewundernd ist. Sie weiß nicht, was ich weiß, das ahnt sie nur, und ich ahne nicht, wie sie sich verhalten wird, wenn sie genau dasselbe weiß wie ich. Während ich den Wein nachgieße, fallen ein paar Tropfen auf die Bettdecke. Ferkel, sagt sie, und ich entschuldige mich sofort. Es hilft nichts. Ich hatte mir die Flecken genauer ansehen wollen, meine rechte Hand tastete über die Bettdecke, ich werde es sehr wohl gespürt haben, daß mir schwindlig geworden sein wird und ich mich festzuhalten versuchte, und dabei geschieht es, ich berühre Iris' Hüfte. Sie ruckt unwillkürlich zur Seite. Du solltest jetzt schlafen gehen, wird sie sagen. Ich höre, wie sie heftig atmen wird. Wir werden uns zu nahe gekommen sein.

Etwa eine Stunde dauerte es, bis wir draußen bei den Austernfeldern waren, und es dämmerte schon. Wir waren durch Regenschleier gefahren, und ich hatte damals nicht die geringste Idee, wie Vincent den Weg über das Wasser gefunden hatte. Anfangs hatte ich draußen auf dem flachen Deck des Bootes gestanden, aber der Wind war kalt, die Regentropfen bissen mir ins Gesicht. Ich stieg zu Vincent in die enge Kajüte und setzte mich auf einen niedrigen Schiffskasten. Vincent fragte mich, ob ich Kaffee wolle. Ich lehnte ab, fühlte mich sogar zu müde zum Kaffeetrinken und wollte auch nicht sprechen. Der Motor dröhnte. Das Boot stammte aus dem Besitz seines Vaters, der vor wenigen Jahren gestorben war. Aber bald, hatte mir Vincent gesagt, würde er sich ein neues kaufen, das sei dann wesentlich schneller und leiser. Als ich durch die Fenster sah und das Licht am Horizont aufzuschimmern begann, drosselte Vincent den Motor. Gleich sind wir da, sagte er. Wo sind wir? fragte ich. Am südöstlichen Rand der *Ile aux Oiseaux*, da sind einige meiner Felder. Ich ging nach draußen an Deck. Es hatte aufgehört zu regnen, der Himmel brach auf, und ich konnte nun das Becken überschauen und die es umschließenden Küsten. Ich blickte auf eine Unzahl schwarzer Stangen, die vor uns aus dem Wasser ragten. Eine Ordnung war für mich nicht zu erkennen. Ich schaute zurück über die glatte Oberfläche des noch gefluteten Beckens. Da, wo Arcachon liegen mußte, zeichnete sich eine dunstige, längliche Erhebung ab. Nur wenige Augenblicke später erkannte ich die große, Arcachon vorgelagerte Düne. Ich sah auf meine Uhr, es war kurz nach sechs. Iris schläft noch, dachte ich, sie schläft gerne lange in den Vormittag hinein. Wenn ich mittags zurück bin, überlegte ich, werde ich sie gewiß noch im *Café de la Plage* antreffen. Oder Fouché hat sie abgeholt und ist mit ihr nach Bordeaux gefahren. Ich weiß nicht, wie ich darauf kam. Der Gedanke war einfach naheliegend. Ich sah wieder nach Arcachon hinüber, die Stadt tauchte immer deutlicher aus dem Morgendunst auf.

VINCENT hatte den Motor gestoppt, er stand jetzt an Deck und stieß das Boot mit einer langen Stange vorwärts. Der Meeresgrund war schon zu erkennen, undeutliche, verschwommene Strukturen eines dunklen Grüns. Als er das Boot verankert hatte, holte er aus der Kajüte seine Thermosflasche mit Kaffee und ein paar belegte Brote, die Juliette für uns zum Frühstück gemacht hatte. Ich sah die Geräte, die auf dem flachen Deck des Bootes lagen: Stangen mit Haken, eine Schaufel und einen Rechen. Wird er Furchen in das Wasser ziehen und Austern pflanzen? dachte ich. Ungefähr vier Stunden, sagte er in meine Visionen hinein, werden wir hier draußen bleiben. Ich muß die Taschen umsetzen, einige Paletten einsammeln und die Felder bearbeiten.

Danach versuchte er, mir einiges über die Austernzucht zu erklären und auch über die Austern selbst, aber ich hörte ihm nur mit halbem Ohr zu und hätte mir gewünscht, er würde um der Stille willen schweigen. Mit der sich unter der letzten Wolkenbank hervorschiebenden Sonne, die alles in ein mildes Licht tauchte, sah ich das erste Mal eine eigene, bizarre Welt um mich herum entstehen. Ich mußte das schon einmal beobachtet haben, als ich mit siebzehn an der Schulexkursion im Vogelschutzgebiet teilgenommen hatte. Aber ich konnte mich nicht daran erinnern, das allmähliche Auftauchen des Meeresgrundes aus dem Wasser so erlebt zu haben. Ich denke, es lag vor allem an den vielen Reihen von Stangen, die sich wie Lanzen immer länger werdend aus dem Wasser streckten, so daß ich den Eindruck hatte, die Erde würde sich heben. Nur wenn ich genau auf die Wasseroberfläche sah, bemerkte ich, wie das Meer mit der Tide abfloß und auf diese Weise langsam den Grund freilegte. Als erstes kamen die langen Reihen der Gestelle zum Vorschein, auf denen die Austernsäcke hintereinander aufgereiht lagen, die Drahtbeine der Tische schienen sich gegen das abfließende Wasser zu stemmen. Schließlich standen sie im algigen Grund wie bockige Tiere. Dahinter lagen die Austernfelder, schmal wie Handtücher, abgegrenzt voneinander durch Steinlinien niedriger Mäuerchen. Ich sah anfangs die Form von Feldern in einem Garten, aber ich konnte ihren Zweck nur durch Überlegung erfassen. Als das Wasser so weit abgeflossen war, daß auch ich mit meinen kurzen Gummistiefeln vom Boot steigen konnte, während Vincent sich schon längst an den Säcken zu schaffen machte, ging ich dorthin zu den Feldern. Ich betrat sie wie ein Kind, das am Strand Muscheln suchen geht. Auf dem erdiggelben Sand zeichneten sich die Umrisse der Austern ab wie flache, verkrustete Steine mit unregelmäßigen Formen. Der Sand und die rauhe Schale der Tiere glänzten feucht im Sonnenlicht. Ich hörte um mich herum Geräusche wie fernes Wispern und schwaches Stöhnen, bis ich sah, daß die Austern spuckten. Winzige Fontänen Wassers stießen sie zwischen ihren Schalen hervor, die sich schnell um einen minimalen Spalt öffneten und dann langsam wieder schlossen. Ich blickte auf und sah, daß unser Boot längst nicht mehr das einzige war, das zwischen den Austerngärten wie gestrandet dalag. Frauen und Männer machten sich mit Rechen und Schippen auf den sandigen Feldern zu schaffen. Es war nicht auszumachen, was sie zusammenscharrten oder beiseite schippten, sie bewegten sich wie in einem Schattenspiel. Ich hob eine Auster auf, sie war klein, jung und fest verschlossen. Im Garten meiner Mutter hatte ich früher Igel auf solche Weise aufgehoben, vorsichtig, nicht um das Tier sondern um mich nicht zu verletzen. Ich müßte Gewalt anwenden, um den Schalenpanzer der Auster zu öffnen. Ich müßte sie zerstören. Vincent sah ich Gittertaschen voller Austern aufs Boot werfen, eine nach der anderen, mit kraftvollem Schwung, er wußte, daß er seine Tiere nicht verletzen würde. In der Ferne harkten und jäteten die anderen Fischer weiter in ihren Gärten, und die Sonne stieg immer höher. Ich ging zum Boot zurück und zog den Pullover aus, mir war warm geworden. Es war gegen zehn Uhr. Ich mußte an Iris denken, schaute nach Arcachon hinüber. Jetzt lag der niedrige Stadtgürtel am Wasser in flimmernder Luft, die Häuser waren eine verschwommene Masse.

ICH BIN NIE vor zehn aufgestanden, sagte Iris, als ich sie traf, nachdem sie aus Arcachon zurück war, und ich sie nach ihrem Aufenthalt fragte. Sie legte den Wohnungsschlüssel auf den kleinen Tisch in dem Café in der Wilhelmstraße, wo wir uns getroffen hatten. War denn gutes Wetter? fragte ich. *Formidable!* sagte sie. Blauer hätte der Himmel nicht sein können. Sie reckte die Arme in die Höhe und gähnte ein wenig, als würde sie noch immer auf dem Balkon meiner Wohnung sitzen nach dem Frühstück und die frische Meeresluft und die Sonne genießen. Hast du denn jemanden kennengelernt unten in Arcachon? fragte ich wie beiläufig. Zum Glück nicht, war ihre prompte Antwort. Ich war froh, endlich mal wieder allein zu sein. Aufs Meer schauen, im Café sitzen, lesen und spazierengehen, ohne daß einen dauernd jemand anbaggert und irgendwas will oder ich

Essen vorbereiten oder Schuhe putzen muß oder irgend so einen Scheiß. Ach – und – Männe, sie trennte die Worte, als hätte sie lange darüber nachgedacht: was ich nicht vergessen will – hab vielen Dank. Das war sehr großzügig von dir. Jetzt muß ich gehen. Ich habe Maria versprochen, sie abzuholen, sie jobbt gerade für ein paar Wochen in der Boutique am Schillerpark. Das verstehst du doch. Natürlich verstand ich das. Ich bleibe noch ein bißchen, sagte ich. Sie stand auf, zog ihre Jacke über und wollte zu ihrem Portemonnaie in ihrer Handtasche greifen. Laß das, sagte ich, ich zahle. Sie bedankte sich, und in dem Moment, als ich aufstehen wollte, um mich von ihr zu verabschieden, beugte Iris sich zu mir herunter und gab mir einen flüchtigen Kuß auf die Wange, sagte leise «Ciao» und ging schnell davon.

Es ist unerträglich heiß. Für morgen wird der wärmste Tag im Juli seit mehr als dreißig Jahren erwartet. Bis zu 36 Grad soll es geben. Wie hält das Iris in ihrer Zelle nur aus. Ich habe Reutlinger angerufen und ihm gesagt, daß ich eine Zeichnung zur Wetterlage gemacht habe, ein einfaches Bild, Typ mit Sonnenschirm in praller Sonne am Fluß entlanggehend, im Hintergrund die Stadt mit Jesuitenkirche, Gewerkschaftshochhaus und Fernsehturm, ein Panorama, das ich schon fast blind skizzieren kann. Für die Mittwochsausgabe, sagte ich, etwas völlig Unverfängliches bei all den Nord-Süd-,

Nahost- und Wildwestproblemen momentan auf deiner ersten Seite. Reutlinger reagierte darauf ein wenig ruppig: Ich dachte, du bist schon weg mit deiner «Corinna». Erst am Monatsende, flachste ich, sie muß noch packen, sich schminken und Geld abheben. Reutlinger lachte. Aber soweit ich mich erinnere, sagte er, brauchen wir die ganze Seite für Text und ein Foto. Hellbach wird stinksauer, wenn ich ihm etwas von seinem Artikel wegnehme. Es muß ja nicht sein, sagte ich, war nur so eine Idee, um euch zu entlasten. Vielleicht hast du recht, sagte Reutlinger. Es ist nicht gut, wenn am Mittwoch wieder alle Probleme aufs Tapet gebracht werden, nachdem uns schon der Beginn der Woche damit versaut worden ist. Ein Schönwetterbild. Gut, schick es mir, ich schau es mir morgen an und entscheide. So einfach geht das bei Ihnen? höre ich Herrn Staatsanwalt Schilkött sagen. Er muß hier auf dem Balkon sitzen, seine Stimme klingt ganz nah. Es ist immer noch Vollmond, die Kanten der Schatten sind hart. So einfach ist das, sage ich. Einer trifft eine Entscheidung, und dann wird es gemacht. Einer muß die Auster öffnen.

Der Ausflug mit Vincent zu seinen Feldern hatte mich völlig begeistert. Es war, als wäre ich in einer verwunschenen Zeit gewesen. Ich ging langsam und zögernd über den Meeresboden zum Boot zurück, blieb bei der einen oder anderen Stange stehen, die auf geheimnisvolle, nur den Fischern einsichtige Weise die Grenzen der Felder und Gärten markieren oder die etwas tiefer gelegenen Zufahrtsrinnen. Rund um das Holz hatten sich manchmal dicke Trauben von Austern festgesetzt. Von weitem sah es aus, als hätten sich dort Bienenschwärme niedergelassen. Ich bereute es, meinen Zeichenblock nicht mitgenommen zu haben. Du mußt jetzt kommen, rief Vincent vom Boot, das Wasser steigt, dir laufen gleich die Gummistiefel voll. Er hatte recht, ich hatte nicht darauf geachtet, das Meerwasser umspülte schon die Sohlen. Zurück auf dem Boot versuchte ich, Vincent zu erklären, wie sehr mich diese Umgebung in ihren Bann zog und wie gern ich meine Eindrücke in Zeichnungen festhalten würde. Du kannst jeden Tag mit mir rausfahren, sagte er. Er zog verschämt – wie ich früher als Schüler nach dem Sportunterricht meine Turnhose – sein Ölzeug in der Kajüte aus und stand bald neben mir in Jeans und einem sauberen, frisch gebügelten Hemd. Bis wir wieder zurückfahren können, dauert es noch eine halbe Stunde, sagte er. Laß uns etwas essen, wie wär's mit ein paar Austern? Er lächelte, holte einen Korb, in dem lagen so dicke Austern, wie man sie sonst nie zu sehen bekommt. Juliette hatte vorsorglich Weißbrot, Zitronen und eine Flasche *Entre deux Mers* eingepackt. Die Austern, die er öffnete, waren so fett, daß ich sie kaum herunterbekam. Ich hatte das Gefühl, ein rohes Gänseei auszutrinken. Aber sie schmeckten wunderbar. Vincent schlürfte nur eine einzige, etwas kleinere Auster, den Rest eines guten Dutzends überließ er mir. Er trank auch keinen Wein, sondern seinen Kaffee, sein Arbeitstag war noch längst nicht zu Ende. Während ich die Austern aß, sah ich die Gärten im flimmernden Spiegel des Wassers versinken, als wären mir Tränen in die Augen gestiegen. Ich goß mir noch etwas Wein in den Plastikbecher, da ließ Vincent den Motor an. Das Becken von Arcachon war wieder vollgelaufen. Nur die Spitzen der schwarzen Stangen ragten aus dem Wasser heraus, Grenzpfeiler für geheimnisvolle Pfade. Vincent ließ das Boot langsam zurückfahren, dann wendete er und hielt für kurze Zeit auf die Küste von Arcachon zu, bis er nach Norden abbog. Ich trank während der Fahrt noch den Rest der Flasche aus. Im Hafen verabschiedete ich mich schnell von Vincent. Er mußte noch die Fracht entladen und tausend andere Dinge erledigen. Ein bißchen schwankend ging ich zu meinem Quartier und legte mich, ohne in der Küche bei Juliette vorbeizuschauen, ins Bett. Ich fühlte mich übersättigt und ein wenig betrunken.

Als ich aufwachte, war es schon gegen sechs Uhr. Sofort fuhr ich nach Arcachon und sah, daß Iris' Wagen wie gestern auf seinem Platz stand. Ich wollte aussteigen und zum *Café* hinunterschleichen. Meinen Hut hatte ich in meinem Zimmer vergessen. Ohne ihn kam ich mir schutzlos vor und überlegte, was ich tun könnte. In diesem Moment klopfte es ans Seitenfenster. Neben dem Auto stand ein Polizist. Ich kurbelte die Scheibe herunter und grüßte. Wahrscheinlich stand ich im Parkverbot. Aber der Polizist beugte sich plötzlich zu mir und sagte: *Bonsoir, Monsieur Männe*. Er sprach mein Pseudonym wie «Menné» aus, und daran erkannte ich den Mann. Wir waren uns zum erstenmal begegnet, als der Möbelwagen mit den Sachen meiner Tante kam und der Fahrer in der vollgeparkten Straße keinen Platz zum Abladen fand. Da war dieser Polizist aufgetaucht, stellte sich als «Gendarme Sulpice» vor und fragte überaus höflich, ob er behilflich sein könne. In Windeseile ermittelte er die Besitzer der Autos, die vor dem Haus geparkt hatten, obwohl wegen des Umzugs Schilder aufgestellt worden waren; er klingelte sie einfach alle aus ihren Wohnungen in der unmittelbaren Nachbarschaft heraus, und sie fuhren schnell ihre Autos weg. Die Möbelpacker konnten mit ihrer Arbeit beginnen. Am Abend traf ich Sulpice im *Café* wieder, ich hatte ihn gebeten, dorthin zu kommen, und lud ihn zu einer guten Flasche Wein und ein paar Snacks ein. Er erzählte mir vom «Soldatenhaus», wie das Casino am *Boulevard de la Plage* während der Kriegsjahre unter deutscher Besatzung genannt worden war, und hatte gesagt: Diese Zeit werde ich nie vergessen, *Monsieur Menné*. Und jetzt sagte er: Wieder einmal im Lande, das freut mich aber, wie geht es Ihnen?

Notgedrungen mußte ich aussteigen, also genau das tun, was ich befürchtet hatte. Und wie sollte es anders sein: Ich rede ein paar Sätze mit dem Gendarm, da sehe ich über seine Schulter hinweg auf den Eingang der Villa, und zum Glück spricht gerade Sulpice, denn mir wären die Worte im Munde steckengeblieben, weil sich die Haustür öffnet und Iris heraustritt, vor den Augen eine Sonnenbrille. Von da an benahm ich mich wie Louis de Funès in einem seiner Filme: Ich bückte mich, wendete mich um, machte mich kleiner, faßte Sulpice am Arm, so daß ich mich neben ihn stellen und Iris den Rücken zukehren konnte. Es schien nichts zu helfen, die Götter waren gegen mich, ich hörte ihre Schritte sich nähern und dann ihre Stimme. Sie rief: *Monsieur le Gendarme*? Sulpice drehte sich sofort um und fragte: *Madame*? Und da Sulpice ein höflicher Mensch war, ließ er mich mit einer kurzen Entschuldigung stehen und ging über die Straße hinüber zu Iris. Ein, zwei Autos fuhren vorbei, ich hörte Sulpice mit Iris sprechen und dann, wie sie sich recht laut, wahrscheinlich schon im Weggehen bedankte und sich verabschiedete. Ich hatte währenddessen die hintere Tür meines Wagens geöffnet und war halb auf den Rücksitz gekrochen, als würde ich dort etwas suchen, schaute nur einmal kurz mit einem schielenden Blick über die Schulter, sah Iris und Sulpice lebhaft miteinander sprechen und beugte mich wieder über den Rücksitz. *Monsieur Menné!* hörte ich dann

Sulpice' Stimme hinter mir und kroch aus dem Wagen heraus. Alles in Ordnung? fragte ich. Ja, ja, sagte er, sie wollte nur wissen, wie man zum Bahnhof kommt, ihr Akzent klang wie der einer Elsässerin. Hat sie sich verlaufen? fragte ich. Keine Ahnung, sagte Sulpice, und dann wechselten wir noch ein paar Worte darüber, wie lange ich bleiben würde, wie das Wetter in Deutschland sei, und wir verabschiedeten uns. Ich setzte mich in mein Auto und fuhr zum Bahnhof von Arcachon, parkte den Wagen in einiger Entfernung, sah Iris kurz nach sechs das Gebäude betreten, und wenig später fuhr ein Zug ab in Richtung Bordeaux.

Irgendeiner meiner Berufskollegen hat einmal geschrieben, das Wesen eines Humoristen sei es, tragische Vorgänge nicht ernst nehmen zu können. Deshalb gebe es für ihn weder Tod noch Teufel, sondern nur Skelett und Pferdefuß. Man könne ihm aus demselben Grund auch nie Hörner aufsetzen, er besitze sie nämlich schon. Ein Humorist wäre auch nie ein guter Koch, weil er es stets von sich nur behaupten wird. Und wenn er tatsächlich einmal ernsthaft verliebt sei, dann ausschließlich in sich selbst und seine Witze. – Ich denke, diese Definitionen sind allesamt unglaubwürdig, besonders die letzte: weil sie von einem Humoristen stammt. Als ich zu ahnen begann, daß Iris nach Bordeaux gefahren war, um sich dort mit Fouché zu treffen und wahrscheinlich auch die Nacht mit ihm zu verbringen, war ich regelrecht verärgert. Um sicherzugehen, daß sie sich nicht doch noch im Bahnhof befand, schaute ich vorsichtig in der Halle und auf den Bahnsteigen nach. Iris war nirgends zu sehen. Kurz entschlossen fuhr ich zu meiner Wohnung, drückte neben dem Messingschildchen mit dem Nachnamen meiner Tante die Klingel, wartete lange, lauschte in den Flur hinein, ging die zwei Treppen hinauf und schloß die Tür auf. Ich roch das Parfum, das Iris am liebsten benutzte, ein leichter Duft, der besser zu hellhäutigen Frauen paßte, aber Iris liebte dieses Gemisch aus Flieder und Jasmin. In der Küche stand schmutziges Geschirr, im Wohnzimmer lagen überall Kleider von ihr, auf dem Biedermeiertisch stapelten sich Frauenzeitschriften, und das Bett im Nebenzimmer sah aus, als hätte sie den ganzen Tag darin gelegen. Ich war erschrocken, denn ich hatte sie immer für einen ordentlichen Menschen gehalten. Sie war es auch, wie ich später sicher feststellen würde, nur in diesen freien Tagen in Arcachon setzten ihre Gewohnheiten aus, geriet alles durcheinander. Fouché hatte ihr den Kopf verdreht, das war eindeutig. Ich ertappte mich dabei, wie ich eine Bluse, die von einem Stuhl heruntergerutscht war, aufheben wollte. Mir lief es eiskalt über den Rücken, als ich daran dachte, was geschähe, wenn sich jetzt der Schlüssel im Schloß drehen würde und Iris mich sähe mit ihrer Bluse in der Hand. Dann aber fiel mir ein

Blatt Papier auf, das neben dem Telefon lag. In ihrer großen fahrigen Schrift hatte Iris darauf eine Adresse in Bordeaux notiert und darunter zwei Uhrzeiten: 21.30, und unterhalb eines festen Strichs eine Zeitangabe kurz nach 18 Uhr. Letzteres konnte nichts anderes als die Abfahrtszeit des Zuges nach Bordeaux bedeuten. Das Blatt Papier verdeckte das regionale Telefonbuch. Es war aufgeschlagen auf der Seite, auf der die Telefonnummer der Bahnhofsauskunft stand. Ich schaute auf meine Uhr. Bis 21.30 Uhr waren noch gut eineinhalb Stunden Zeit, genug für mich, um dann in dieser *Rue d'Alambert* zu sein. Und was sollte ich dort? Zusehen, wie Fouché mit einem Wagen vorgefahren kommt und in seine Stadtwohnung geht, wo Iris schon auf ihn wartet? Mich wie ein Trottel benehmen? Aber irgend etwas mußte ich doch tun! Mein erster Gedanke war, einen Einbruch vorzutäuschen, meine eigene Wohnung in einem mehr oder weniger verwüsteten Zustand zurückzulassen. Sicher würde ich Iris' Geld, ihren Paß und Schmuck finden. Ich würde ein paar von Tante Theresas Meißener Porzellantellern zu Bruch gehen lassen, um den Vandalismus der Diebe unter Beweis zu stellen. Niemand könnte im mindesten auf den Gedanken kommen, daß ich meinem eigenen Besitz Schaden zufügen würde, ist das nicht so, Herr Staatsanwalt? Aber, lieber Männe, höre ich jetzt Schilkött sagen, was glauben Sie denn, wie naiv unsere Polizei ist. Das würde auch für unsere französischen

Kollegen gelten: Gerade das Meißener Porzellan hätte bereits einen Verdacht auf Sie lenken können. Ich bitte Sie, Herr Staatsanwalt, würde ich erwidern, glauben Sie denn, daß ein Polizist oder Kriminalbeamter aus Arcachon wüßte, was Meißener Porzellan ist? Vielleicht nicht die Beamten dort, aber – und dabei faltet Staatsanwalt Dr. Schilkött seine Hände – bestimmt die Versicherung, die automatisch auf den Plan treten würde. Die Versicherung? frage ich verwundert. Ich habe keine Versicherung. – Dieser Gedanke erstaunt mich, er ist mir noch nie gekommen. Tatsächlich ist das Mobiliar in meiner Wohnung in Arcachon nicht versichert. Es bräuchte jemand nur aus Versehen ein Streichholz fallen zu lassen, und Hunderttausend oder mehr wären für immer verloren. Allein die Kommode im Schlafzimmer ist schon mehr als Fünfzehntausend wert. Verwirrt über meine Vorstellungen verließ ich damals meine Wohnung so leise wie möglich, tastete mich die Treppe hinunter, als wäre es inzwischen dunkel geworden. Eine halbe Stunde später lag ich auf meinem Bett im Haus von Vincent und Juliette. Ich war in mein Zimmer hineingeschlichen wie jemand, der sich verbergen will. Ich hielt sogar meinen Atem zuruck und erstarrte vor Schreck, als es plötzlich an der Tür klopfte und ich Vincent fragen hörte: Männe, bist du da? Schläfst du schon? Willst du nicht was mit uns essen?

Das alles waren aufregende Momente in dieser Zeit. Ich werde dir meine Schamlosigkeit so gut ich kann zu erklären versuchen und mich dafür entschuldigen. Meine Wohnung in Arcachon war deine geworden, indem ich dir den Schlüssel dafür gegeben hatte. Ich hatte also kein Recht, in sie einzudringen, mir anzuschauen, wie du dort in den Ferien lebtest, das war deine Privatsphäre, ich hätte mich nie einmischen, die Tür zu meiner Wohnung nie öffnen dürfen. Aber ich tat es trotzdem. Ich sah im Kühlschrank, was du dir für Essen gekauft hattest, ich sah, welche Zeitschriften du gelesen hast, welche Kleider und welche Wäsche du trugst. Ich sah das gebrauchte Geschirr und die verschwitzten Hemdchen. Ich bin kein Schnüffler, aber ich kam mir so vor, als wäre ich einer. Ich habe dich mit Fouché beobachtet aus einer gewissen Neugier heraus, da ist nichts Unrechtes dabei, ich wollte dich beschützen. Als ich aber merkte, daß du nicht in meine Wohnung gegangen bist, um dich zu erholen, um unbedingt einmal allein zu sein, sondern um diesen Fouché zu treffen, fühlte ich mich gezwungen, ebenfalls Grenzen zu überschreiten, die Grenzen der eigenen Scham, was dir damals wahrscheinlich Lust bedeutete. War es so?

Ich werde diesen Abend, als ich vor zehn Tagen in der Redaktion war, nicht vergessen. Ich hätte gar nicht da sein sollen, meine Glosse war geschrieben und auch schon für die dritte Seite eingerichtet, «Gerade Kurven», war der Titel, es ging um ein Verkehrsproblem, die Verlegung einer Stadttangente, über die man sich nicht einig werden kann, seit Jahren schon, und es wird auch noch viel Zeit vergehen, bis der Stadtrat dazu einen Beschluß faßt. Es war Sonntag, gegen acht Uhr abends, das Sammeltaxi vom Flughafen hatte mich in der Nähe des Verlagshauses abgesetzt, mein Auto stand dort in der Tiefgarage, und ich schaute nur noch mal kurz bei der Redaktion vorbei in der stillen Hoffnung, einen Kollegen zu treffen, mit dem ich noch irgendwo ein Bier trinken gehen konnte. Mir war nach Quatschen zumute, ich wollte nicht nach Hause auf meinen beginnenden Vollmondbalkon mit all den Bildern im Kopf. Der Mond macht mich melancholisch, fast depressiv, er zeigt mir mein Einzeldasein, ich muß ihm immer in dasselbe Gesicht sehen, wie mir auch. Man könnte darüber philosophieren, mir fiel an diesem Abend auf der Fahrt zum Verlagshaus auch gleich ein Cartoon dazu ein, eben ein Selbstporträt, aber ich hoffte auf Gesellschaft, um mich abzulenken. Da sah ich bei Hellbach auf dem Schreibtisch ein altes Foto von dir und daneben die Nachricht, daß du unter Mordverdacht verhaftet worden seiest, und konnte es nicht glauben. Ich war fassungslos, für einen Moment wie gelähmt und wußte nicht, was ich tun, an wen ich mich wenden, mit wem ich darüber sprechen konnte. Dann machte ich mir eine Kopie von der

Meldung und fuhr nach Hause. Kaum hatte ich meine Sachen im Flur abgestellt, klingelte das Telefon. Es war Julia, sie hatte schon mehrmals versucht, mich zu erreichen. Aufgeregt stotterte sie, du seist verhaftet worden. Sie war zufällig zu Hause, als sie dich abholten, schilderte in hastigen Worten die näheren Umstände, Mama sei jetzt in U-Haft. Ob ich nicht durch meine Beziehungen irgendwie helfen könnte. Es sei furchtbar gewesen, die eigene Mutter so zu sehen, wie sie abtransportiert wird wie ein todkranker Mensch, von dem eine Ansteckungsgefahr ausgeht. Beziehungen, dachte ich. Wen kenne ich denn bei Gericht? Nur zwei pensionierte Richter. Ich rief Reutlinger junior an, erklärte ihm die Situation. Eine Viertelstunde später wählte ich die Nummer des Untersuchungshaftrichters, er hieß Möller, Reutlinger kannte ihn. Möller wollte veranlassen, daß ich dich in einer Stunde besuchen könne zusammen mit einem Anwalt. Mir fiel im ersten Moment nur der Sohn von Tante Theresas Anwalt ein. Eine halbe Stunde später traf ich mich mit Strobel vor dem Gefängnistor. Wir wurden eingelassen, in den Besucherraum geführt, und dann kamst du herein, und wir saßen uns gegenüber.

Iris war totenblaß. Die sind krank, sagte sie, die sind alle krank hier. Ich habe nichts getan, und die halten mich für eine Mörderin, es ist nicht zu fassen. Sie strich sich durch die Haare, war völlig verwirrt. Wie kommst du denn hierher? fuhr sie mich an, und – auf Hans-Peter Strobel deutend – wer ist der da? Strobel erschrak regelrecht, das sah ich seinem Gesicht an. Er hat etwas Sanftes, Nachdenkliches. Er ist dein Anwalt, sagte ich zu Iris. Hat Julia dich angerufen? wollte sie wissen. Ja, aber ich hab's schon vorher in der Zeitung gelesen. Was? rief sie, in der Zeitung, stand es schon in der Zeitung, bevor sie mich verhaftet haben? In der Zeitung von morgen, versuchte ich, sie zu beschwichtigen. Ich war in der Redaktion bei Hellbach, da lag die Meldung auf dem Tisch mit einem Foto von dir. Ein Foto? Sie schrie noch lauter. Das dürfen die nicht, ruf sofort deine blöde Zeitung an und sag ihnen, daß ich gegen sie prozessiere, wenn sie ein Foto von mir drucken. Sie! sagte sie in scharfem Ton an Strobel gewandt, ich weiß ja nicht mal, wie Sie heißen, aber erklären Sie dieser Scheißzeitung, daß ich gerichtlich gegen sie vorgehen werde, wenn sie ein Foto von mir bringen. Jetzt beruhige dich doch mal, Iris, sagte ich. Natürlich wird kein Foto von dir veröffentlicht. Ich weiß nicht, woher Hellbach das hat und wie er zu deinem vollen Namen gekommen ist. Er hat gute Beziehungen zur Polizei, das wird es wohl sein. Außerdem ist es ein Foto aus den siebziger Jahren, da hattest du noch lange Haare und keine Locken. Ich wollte weiter in beruhigendem Ton auf sie einreden, als Strobel mich unterbrach, seinen Namen nannte und Iris mit wenigen ruhigen Worten erklärte, wie sie sich in Zukunft in bezug auf die Ermittlungen am besten zu verhalten habe. Er legte eine Visitenkarte auf den Tisch, versicherte ihr, ihn jederzeit anrufen zu können, und stellte dann noch ein paar Fragen über die Art ihrer Beziehung zu dem «Tatopfer». Strobels nüchterner Tonfall schien Iris gutzutun. Sie beruhigte sich und begann, von Fouché zu erzählen. Als sie sagte: Er wollte mich heiraten, brach sie in Tränen aus. Strobel und ich sahen ihrem Weinen ein paar Augenblicke lang hilflos zu, als sie plötzlich mitten aus dem Schluchzen heraus zischelnd sagte: Dann hat dieses Schwein einen Rückzieher gemacht. Ich kann mich von meiner Frau nicht trennen, äffte sie Fouché mit kehliger Stimme nach, sprach eine Weile französisch, schüttelte dabei den gesenkten Kopf hin und her und fuchtelte mit den Armen. Sie hatte fast etwas von einer Irren. Sind Sie ärztlich betreut worden? fragte Strobel. Bin ich denn krank? schrie sie. Iris, bitte, sagte ich, Vollmond ist erst in einer Woche. Ich sagte diesen Satz aus purer Verlegenheit heraus, er sollte die Situation überspielen, ablenken, etwas wiedergutmachen. Statt dessen erzeugte er ein paar Sekunden beklemmender Stille. Iris erstarrte in ihrer Bewegung, den Blick auf die Tischfläche geheftet, Strobel neigte den Kopf, und ich – was tat ich? Ich stand auf.

Du sollst nicht immer gleich aufstehen und wegrennen, wenn dir etwas unangenehm ist, Manfred, gewöhn dir das ab! hatte meine Mutter, als ich noch ein Kind war, immer wieder zu mir gesagt. Und wenn ich doch aufstand, weil ich beschuldigt wurde oder mich schuldig fühlte, weil ich irgend etwas ausgefressen hatte, – wer stand da auf? Ein Pimpf! Ob ich jung war oder so alt, wie ich jetzt bin, ich war von meiner Körpergröße her immer ein Pimpf. Relativ gesehen. Wie groß bin ich jetzt? Im letzten Jahr wieder einen Zentimeter kleiner geworden, also Einssiebenundsechzig. Wir alle schrumpfen, hat Dr. Holt gesagt, mein Arzt seit mehr als zwanzig Jahren, auch Sie, lieber Männe. Hauptsache, die Proportionen stimmen. Sie erfreuen sich bester Gesundheit, man merkt, daß Sie Sport treiben. Ihre Muskeln sind immer noch gut ausgebildet, die Knochen fest und der Verstand klar. Drahtig, könnte man Sie nennen. Und Ihr Witz ist unschlagbar! Ziemlich bissig sogar, wie man immer wieder sehen und lesen kann. Wann war denn Ihre Glosse in der Zeitung von dem Selbstmordattentäter, der einen ganzen Bus voller Leute in die Luft sprengt und dabei selbst wie durch ein Wunder am Leben bleibt? In der letzten Wochenendausgabe im Mai, sagte ich. Richtig, sagte Dr. Holt, ich habe sie mir ausgeschnitten, ich habe alle ihre Glossen. Die sollten Sie mal als Buch veröffentlichen. – Sehr schön, sehr schön, fuhr Dr. Holt fort, faltete zufrieden die Hände, auch das EKG, das wir gemacht haben, weist eine völlig intakte Pumpe aus, sehr schön. Und die Prostata – tipptopp! Er reichte mir die Hand, um mich zu verabschieden.

Ich stand auf vom Stuhl, auf dem ich an dem Besuchertisch Iris gegenüber gesessen hatte, mir fiel meine Mutter ein: «Du sollst nicht immer gleich aufstehen und wegrennen!», und ich wurde mir wieder einmal meiner für einen Mann kleinen Körpergröße bewußt. Ich bin gut und gerne fünf Zentimeter kleiner als Iris, und Fouché war mindestens zehn Zentimeter größer als sie. Ich hatte ihn, als ich heimlich in Arcachon war, bis dahin nur ein einziges Mal gesehen, seine Gesichtszüge waren mir nur verschwommen in Erinnerung geblieben, doch seine Körpergröße hatte ich genau registriert. Wie muß er sich gefühlt haben in meiner Wohnung zwischen den Möbeln meiner Tante, diesen niedrigen Biedermeiermöbeln, die vor mehr als hundertfünfzig Jahren von Menschen hergestellt worden waren, deren Durchschnittsgröße zwischen ein Meter sechzig und ein Meter siebzig lag. Die Wohnungen waren niedriger gewesen als heute, also auch das Mobiliar. Die Tassen waren kleiner, und vielleicht auch die Münder, die an ihnen nippten. Der Blick war liebevoller, aufs Detail gerichtet, deshalb die wunderschönen Intarsien, über die Iris ihre Hände hatte gleiten lassen wie über eine Elfenbeinschnitzerei. Und die Betten: Tante Theresa ging davon aus, daß ich ihren Nachlaß eines Tages an meine Kinder vererben würde, auch wenn ich von meiner Frau geschieden war. Sie sagte einfach: Da es wahrscheinlich bei diesen beiden bleiben wird, gibst du das, was mir gehört hat, testamentarisch an die Zwillinge weiter. Aber vorher läßt du die Betten verlängern. Ich habe bereits mit einem Schreiner gesprochen, es ist kein Problem, von einsneunzig auf zwei Meter zu verlängern. Vorn und hinten werden zwei Stücke eingesetzt. Dann paßt eine normale Matratze rein. Am besten läßt du das gleich nach meinem Tod machen, hier noch, von einem deutschen Schreiner, überlege dir das.

Nach Tante Theresas Tod vergaß ich ihren Wunsch nach Verlängerung der Betten, sie blieben so, wie sie waren, auch weil die Matratzen nicht nach alter Frau stanken, wie sie befürchtet hatte. Und ich paßte gut in diese Betten hinein. Fouché aber wird mit seinen Füßen gegen das am oberen Rand kunstvoll in einer Schnecke auslaufende Kirschholz der hinteren Begrenzung gestoßen sein, als er zum ersten Mal mit Iris dort schlief. Einen Tag später hatte er sich dann in seinem französischen Bett in seiner Wohnung in Bordeaux zusammen mit Iris auch platzmäßig austoben können. Zuvor werden sie Champagner getrunken haben, während ich bei diesem völlig unschuldigen, jungen, beflissenen Austernfischerehepaar im Gästezimmer lag und nicht einschlafen konnte. Iris würde wahrscheinlich mit dem Mittagszug nach Arcachon zurückfahren und sich vorher ein wenig in den Geschäften von Bordeaux umgeschaut haben, vielleicht hatte er ihr sogar Geld gegeben, damit sie sich «etwas Hübsches» kaufte. So wird es gewesen sein, und so war es. Ich saß jedenfalls am nächsten Vormittag wieder in meinem Wagen, dieses Mal mit Hut, und hoffte, daß Sulpice nicht seine Runde machte. Gegen zwei Uhr kam ein Taxi, Iris stieg aus, trug zwei von diesen festen Papiertaschen besserer Kaufhäuser die Treppe hinauf und verschwand hinter der Eingangstür. Ich fuhr nach Andernos zurück, weder Juliette noch Vincent und natürlich auch nicht die kleine Nadine waren zu Hause, obwohl ich so sehr darauf gehofft hatte. Ich holte mir meinen Zeichenblock, nahm die Auster, die mir Vincent zwei Tage zuvor geschenkt und von der er behauptet hatte, sie würde auch ohne Wasser noch knapp eine Woche leben, wenn ich sie kühl und feucht hielte, legte das prächtige Stück auf den Gartentisch und begann, sie zu zeichnen.

III

Ich fertigte zuerst einige realistische Darstellungen an, «intime Portraits» von «Léonie», wie ich meine Auster nannte. Iris ist im Sternbild des Löwen geboren. Es gibt also eine Folge von Zeichnungen, die «Léonie I», «Léonie II» und so weiter betitelt sind. Dabei versuchte ich, die schroffen Konturen, die den Kalkpanzer der Auster bestimmen, das abweisende «Du-kannst-mich-nicht-öffnen» darzustellen. Vincent hatte mir eine besonders «schöne», eine gleichmäßig geformte Auster als Modell ausgesucht. Ihre Form glich einem Tropfen, ihr Körper einem Boot. Die blaugrauen Farben der Schale versuchte ich, durch unterschiedliche Schraffuren anzudeuten; um ihre Festigkeit nachzuvollziehen, ritzte ich beinahe die Linien mit dem Bleistift ins Papier. Ich war wütend über mich selbst. Ich war ein Versager, ließ mir die Blume, an der ich roch, vor der Nase von einem anderen wegpflücken. Ich zeichnete «Léonie VI» auf einer Blüte ruhend, darüber eine Hubschrauber-Biene, wie eine Illustration für ein Kinderbuch. Wenn ich ein wirklicher Künstler wäre, stellte ich mir beim Zeichnen vor, würde ich «Léonie» auf eine riesige Leinwand projizieren, zwei mal drei Meter, absolut naturalistisch, wie eine fotografische Reproduktion. Monate später, längst wieder zu Hause, begann ich, Jungaustern zu zeichnen: «Léoniden I–IX», Blätter, die ich besonders liebe, Büttenpapier, 50 x 70, darauf verteilen sich meine «Léoniden» wie winzige, aus dem Himmel fallende Jungspinnen, wie Samen, die an unsichtbaren Fäden im Wind schaukeln. Dann zeichnete ich Austernschwärmlinge mit ihren Flimmerhärchen, mit denen sie sich ziellos fortbewegen, wie hundertfach unterm Mikroskop vergrößert, das ist die Folge «Schwärmlinge I–IV». Wasser konnte ich nicht zeichnen, das ärgerte mich. Wellen sind in der Karikatur nur Wellenlinien, und irgendeinen Politiker gibt es immer, der in einer Art Flüssigkeit, sei es Öl oder Jauche versinkt, es gibt immer einen, dem das Wasser bis zum Hals steht, leicht darstellbar mit ein paar Strichen. Wie aber Wasser, das Durchsichtige, zeichnen? Nur was sich darin spiegelt und bricht, was durch die wabernde Oberfläche verzerrt, gedehnt oder zerlegt wird, zeigt das Element. Das Element als solches selbst offenbart sich nicht. Es ist Kraft und Bewegung, und die lassen sich nicht festhalten, ohne daß etwas Bedeutendes verlorenginge.

VINCENT HATTE mir ein Austernmesser geschenkt. Wenn du ihre Verschlossenheit, sagte er und meinte damit seine Vorzeigeauster, irgendwann nicht mehr ertragen kannst, *si tu ne supportes plus*, dann öffne sie einfach und sieh nach, was sie verbirgt, *ce qui se cache*. Er hatte mir gezeigt, wie und an welcher Stelle man eine Auster öffnet, wie man den saubersten Schnitt führt. «Léonie» verhielt sich auch darin vorbildlich. Ich brauchte nur die Messerspitze an ihrem Schloßband anzusetzen, da öffnete sie sich beinahe wie von selbst. Wie ein Blinder durchtrennte ich, mit dem Messer in ihrem Körper herumstochernd, den Schließmuskel zwischen ihren Schalen und klappte sie auf. Vor mir lag ein kleines Wunderwerk aus Fasern und Häuten, ein Lebewesen, in dessen Inneres ich blicken konnte. Ganz schnell, noch bevor ich ihre Hautfetzen, ihre Leber, ihr Herz, ihren Verdauungstrakt aus der Perlmuttschale kratzte und in mich hineinschlürfte, bevor ich sie bei lebendigem Leibe verspeiste, machte ich drei Zeichnungen «Léonie vivendi I–III». Und, weil es mir gerade so einfiel, noch zwei Cartoons von mir, eine Auster schlürfend. Das erste Bild zeigt mich bei dieser Tätigkeit relativ realistisch, das zweite karikiert mich selbst als Auster, die eine Auster schlürft. Wobei die Auster, die ich schlürfe, durch den angedeuteten Busen weibliche Merkmale hat und sich mein offener Mund mit einem Teil der Auster vereint, der an ein weibliches Geschlecht erinnert. Es begann bereits zu dämmern, als ich Stuhl und Tisch wegstellte, meine Sachen in mein Zimmer brachte und im Haus der Ortolís das Licht anging. Wenig später klopfte es an meine Tür, Vincent fragte mich, ob ich am Morgen wieder mit hinaus zu den Gärten wollte. Ich täuschte Müdigkeit und Kopfschmerzen vor und daß ich wahrscheinlich nach Bordeaux fahren würde. Aber für den darauffolgenden Tag würde ich mich gerne wieder anmelden.

Am nächsten Morgen bezog ich erneut meinen Posten vor der Villa in Arcachon. Gegen zehn Uhr erschien Iris und ging über den Seitenweg zum *Café de la Plage*. Sie trug einen hellgrünen Hosenanzug aus Leinen, den ich vorher noch nie an ihr gesehen hatte. Auf dem Kopf hatte sie einen geflochtenen Hut mit breiter Krempe, unter den Arm hatte sie eine Tasche geklemmt, die aus dem gleichen Material wie der Hut war. Sie sah wunderbar aus, ihr Schritt war beschwingt. Ich konnte nicht anders, ich mußte ihr folgen und versteckte mich wieder hinter dem Karussell, ohne gleich zu bemerken, daß es in Betrieb war. Denn für die kurze Zeit, die ich brauchte, es nach dem kleinen Umweg über den Parkplatz zu erreichen, stand es still und setzte sich nun wieder in Bewegung. Nur zwei Kinder fuhren mit, zwei Mädchen, die Haare zu Zöpfen geflochten, Zwillinge wie meine beiden, ich erschrak deswegen. Ich erschrecke immer, wenn ich Zwillinge sehe, egal welchen Geschlechts oder welchen Alters. Sie erinnern mich, sie mahnen mich, sie klagen mich an. Als Elke sich von mir trennte, zog sie in

eine andere Stadt, so weit weg wie möglich. Ich sah die Kinder nur noch zwei- oder dreimal im Jahr. Zu ihrem Geburtstag bekamen sie immer ein großes Paket von mir, ich schickte auch Briefe und steckte Zeichnungen hinein, extra für sie. Aber je länger ich von ihnen getrennt war, desto mehr fand ich mich damit ab, daß ich sie nie wieder zurückhaben konnte. Elke lernte ein knappes Jahr nach unserer Scheidung einen anderen Mann kennen, heiratete ihn, und als die Zwillinge volljährig waren, ließen sie sich von ihm adoptieren. Seitdem tragen sie nicht einmal mehr meinen Namen. Manchmal telefoniere ich mit ihnen, aber nur um zu fragen, wie es ihnen geht. Ich verbiete es mir, mehr wissen zu wollen. Sie sind glücklich oder unglücklich, gesund oder krank, erfolgreich oder nicht – auch ohne mich. Aber natürlich bereitet mir das Schmerzen, ganz lösen konnte ich mich nie. Deshalb starre ich Zwillinge immer an und schaue dann schnell weg, wenn ich mir dessen bewußt werde.
In diesem Moment schrie eines der Mädchen auf dem Karussell. Sofort waren die lauten Stimmen der Eltern da, sie sprachen spanisch, die junge Frau, der bärtige Vater, sie rannten neben dem Kind her, das auf einem Pferdchen saß, und redeten auf es ein, es sei ja nichts geschehen. Das Kind hatte sein Stofftier verloren, irgendeine dieser unförmigen Figuren aus einer Kinderfernsehserie, es lag zwischen den Stangen, auf denen die Karussellpferde montiert waren. Der Vater versuchte, es von

dort hervorzuholen, aber der Betreiber des Karussells, den ich auch schon oft im *Café* gesehen hatte, sagte, die Fahrt sei gleich zu Ende. Der Vater ließ von seinen Versuchen ab. Die Mutter rannte weiter neben dem weinenden Kind her, für das diese Karussellfahrt zu einem Alptraum geworden war, weil das Karussell nicht anhielt. Die Schreie der Kinder, denn natürlich fing bald auch der andere Zwilling an zu kreischen, hatten die Aufmerksamkeit der Passanten und der Cafégäste auf sich gezogen. Auch Iris hatte von ihrer Zeitschrift aufgeblickt und schaute herüber. Sie muß mich gesehen haben oder zumindest jemanden, der ihr bekannt vorkam, denn sie legte die Zeitschrift weg, stand auf, ging um die Tische herum und auf das Karussell zu. Ich trat sofort zurück und versteckte mich hinter dem nächststehenden Auto. Von da an lief ich in gebückter Haltung wie jemand, auf den geschossen wird, hinter den Autos vorbei zu dem kleinen Seitenweg. Als ich ihn erreicht hatte, schaute ich mich vorsichtig um und sah Iris, wie sie mit der Mutter sprach, die inzwischen, nachdem das Karussell angehalten hatte, ihren einen Zwilling in den Armen hielt und tröstete. Das Karussell setzte sich wieder in Bewegung, der andere Zwilling war jetzt der einzige Fahrgast und winkte seinen Eltern zu, immer wenn er an ihnen vorbeikam. Ich war an den Wegrand getreten und schaute zu. Wie Schiffchen segelten Wolken über den Himmel, während sich das Karussell drehte. Ob es wirklich so war, weiß ich nicht mehr, jedenfalls hielt ich später die Szene auf meinem Zeichenblock fest als einen Traum, die ins Meer fliegenden Zwillinge und das Stofftier zu Füßen der Eltern, die mit Iris reden.

Wir werden dieses Blatt finden, wenn wir meine Mappenschränke aufräumen. Ach ja, die spanischen Zwillinge, wirst du sagen. Süße Fratzen mit ihren Zöpfchen, und die Kleine, wie hieß sie noch? Isabella? Ja, Isabella … Ich lasse dich nicht ausreden: Du weißt noch den Namen? Warum denn nicht? sagst du. So ein entzükkendes Kind. Und? werde ich fragen. Was: und? Hast du mich gesehen? Bist du deshalb zu dem Karussell gegangen oder weil … Ich habe etwas gesehen, natürlich nicht dich, sondern eine Person, die mir bekannt vorkam. Die ganze Zeit schon fühlte ich mich beobachtet. Auch in Bordeaux? werde ich fragen. Männe! sagt Iris, legt die Zeichnung weg, die sie gerade in der Hand hält, und schaut mich an. Können wir uns darauf einigen, daß wir nicht mehr darüber sprechen? Sie steht auf. Vor ihr liegen Stapel von Zeichnungen aus einer der Schubladen. Sie klopft sich ihre Jeans ab, als wären sie durch die Papierbögen, die sie neu einordnen soll, staubig geworden. Männe, sagt sie wieder und es klingt streng, wenn wir gemeinsam eine Zukunft haben sollen, dann erinnere mich nicht dauernd an Fouché. Ich habe ihn nicht umgebracht, ich habe mit seinem Tod nichts zu tun. Das geht mich alles nichts an. Mach uns bitte einen Kaffee. Sofort, ich werde «sofort» sagen und mich hüten, diese kostbare Gemeinschaft, ihren Dank dafür, daß ich sie von allem Verdacht befreite, durch aufdringliche Fragen zu stören oder gar in Zweifel zu ziehen. Ein Windstoß wird durch die offene Balkontür fegen, wir werden beide aufschreien, weil einige der Blätter nach draußen gewirbelt werden, und ich werde sagen: Unter das Laub, wo sie hingehören! Sie wird anfangen zu lachen, und ich mache uns den gewünschten Kaffee.

Jean-Pierre schien kein Risiko zu scheuen. Am Nachmittag fuhr Iris weg, ich folgte ihr. Sie fuhr ein Stück weit auf der Schnellstraße, dann bog sie ab und kam in ein Dorf, an dessen Namen ich mich nicht erinnere. Auf der Straße standen vereinzelt Menschen. Iris raste auf sie zu, und sie kippten zur Seite. Wie Schaufensterpuppen blieben sie auf dem Bürgersteig liegen. Plötzlich bremste Iris. Mir kam eine schwarze Limousine entgegen, stoppte kurz vor mir, Fouché stieg aus, winkte mir zu und stieg in Iris' Auto ein, sie fuhren davon. Ich folgte ihnen, so schnell ich konnte, und im Nu waren wir bei meiner Wohnung in Arcachon angelangt. Ich sah noch, wie sie hinter der Eingangstür der Villa verschwanden, wartete, bis es dunkel war, dann ging ich zu meiner Wohnung hinauf, schloß die Tür auf und betrat den Flur. Ich stolperte über herumliegende Schuhe, im

Wohnzimmer lagen haufenweise Kleider über den Möbeln, noch mit Etiketten dran, wie Namensschilder an Weihnachtspäckchen. Im Schlafzimmer schimmerte gelbes Licht, Iris und Fouché lagen eng umschlungen vor dem Bett. Fouché trug einen Jeansanzug, wie auch ich einen besitze, Iris war gekleidet wie ein Matrose. Gib mir meinen Schlüssel wieder, wollte ich sagen, als ich jemanden heftig gegen die Tür schlagen hörte. Männe! wurde gerufen, wir müssen los, die Ebbe wartet nicht. Ich erkannte Vincents Stimme, wußte, daß ich in meinem Bett lag, geträumt hatte und mit Vincent verabredet war für eine weitere Fahrt zu den Austernfeldern. Es war kurz nach fünf Uhr morgens. Während ich mich hastig wusch und anzog, sah ich sie immer wieder vor dem Bett liegen, Iris und Fouché, und ich erinnerte mich daran, wie sehr ich erschrocken war, daß Iris die Leute auf der Straße umgefahren hatte. Der Traum verfolgte mich noch lange. Später, als Vincent wieder die Netztaschen voller Austern auf das Boot hievte, zeichnete ich einen Cartoon mit drei Bildern. Auf dem ersten Bild liegen eine Frau und ein Mann nackt vor dem Fußende eines Bettes, in dem ein anderer Mann liegt und schnarcht. Der Mann, der auf dem Fußboden liegt, sagt in einer Sprechblase zu der Frau: «Schnarcht er immer so laut?» Die Frau antwortet: «Solange er schläft, ja!» Auf dem zweiten Bild liegt der Mann auf der Frau und stöhnt: «Uuuuh ... Aaaah ... Ooooh», während der Mann im

Bett immer noch sein «Zsssss … Chrrrrr … Zsssss …» schnarcht. Auf dem dritten Bild schnarcht der Mann im Bett immer noch, aber die Frau und der andere Mann liegen jetzt nebeneinander auf dem Bettvorleger, und die Frau fragt: «Stöhnst du immer so laut, wenn du mit einer Frau schläfst?» Der Mann antwortet in der Sprechblase: «Solange ihr Ehemann so laut schnarcht, ja!»

Ich hatte die Sätze auf französisch geschrieben, und als wir wieder zurück waren und Vincent in seinem kleinen Büro saß, gab ich ihm das Blatt und sagte, das würde ich ihm schenken. Die Zeichnung hätte zwar nichts mit der Austernfischerei zu tun, vielleicht aber mit den französischen Männern. Er lachte über den Cartoon, bedankte sich sehr und sagte, dieses Blatt würde er rahmen lassen und hier in seinem Büro aufhängen. Aber, fügte er hinzu, so ganz hast du nicht recht, daß das nichts mit der Austernfischerei zu tun hat. Warum? fragte ich. Weil es das hier alles schon gegeben hat. Während der Fischer draußen im Becken ist, weiß seine Frau ganz genau, daß er fünf, sechs Stunden weg sein wird und nicht mal so eben schnell von der Arbeit oder aus dem Büro nach Hause gehen kann. Da sind schon einige auf dumme Gedanken gekommen. Nicht jede Ehe hat gehalten. Einem Kollegen sei sogar die Frau weggelaufen, während er draußen in den Feldern war, und nie mehr wiedergekommen. Wann ist das passiert? fragte ich. Vor zwei Jahren. Christine, die Frau von Jean-Claude, der am Ende des Weges das vorletzte *Atelier* hat. Ist sie mit einem anderen weggelaufen? fragte ich. Das weiß man nicht, sagte Vincent und hob die Augenbrauen. Jedenfalls mit keinem aus Andernos. Es gab nur Gerüchte, daß es wohl jemand aus Bordeaux gewesen sei. Die Polizei hat sogar seinen Namen herausgefunden und den Mann verhört, aber der konnte beweisen, daß er nichts mit dem Verschwinden von Christine zu tun hatte. Er kannte sie aber? fragte ich. Ja, er hat sie hier auf einem Austernfest kennengelernt, aber das war anscheinend alles. Die Polizei hat ihn überprüft. Er ist selbst verheiratet und lebt immer noch mit seiner Frau zusammen, also muß Christine irgendwoandershin verschwunden sein. Merkwürdige Geschichte, sagte ich. Vincent stimmte mir zu, sagte auch, Jean-Claude lebe seitdem sehr zurückgezogen, obwohl es auch da wieder Gerüchte gebe. Welche denn? fragte ich. Er sei schon ein paarmal mit der Frau des *Député* gesehen worden. – Mit Madame Fouché? – Ja, mit Beatrice. – Das muß doch nichts heißen. – Im Prinzip nicht, sagte Vincent und stand auf. Hier kennt jeder jeden mehr oder weniger, und man sollte meinen, da gebe es keine Geheimnisse. Aber wenn es keine gibt, dann machen die Leute welche, damit das Leben weniger langweilig ist. Als Jean-Claude, den ich schon von klein auf kenne, vor zwei Jahren von den Feldern nach Hause kam und Christine nicht da war, hat er sich sofort gedacht, daß sie mit einem anderen durchgebrannt ist. Das hat er mir jedenfalls gesagt. Aber wenn ich ihn frage, was er von den Gerüchten über ihn und Beatrice hält, lacht er nur und meint, das sei dummes Geschwätz. So ist das hier. Vincent zuckte mit den Schultern und lächelte vor sich hin. Wir verabschiedeten uns voneinander.

Es war wieder ein wunderschöner Vormittag gewesen, draußen in den Gärten unter dem Meeresspiegel. Ich hatte dieses Mal meinen Block dabei und eine ganze Reihe von Zeichnungen gemacht, kleine Formate, hauptsächlich, um die Struktur, das Geordnete dieser Anlagen darzustellen, die Boote zwischen den Feldern, die schwarzen, aus dem Wasser ragenden Kiefernstangen. Ich legte Bilderfolgen in der Manier von Comics an, um festzuhalten, wie das Meer sich zurückzog, die verborgene Landschaft freilegte, wie es wiederkam und mit vorauseilenden Zungen alles um sich herum verschluckte. Da Vincent früher als geplant mit seiner Arbeit fertig geworden war, machte er auf der Rückfahrt noch einen Umweg zu den zwei Pfahlbauten am Rande der Vogelinsel, erklärte mir, die auf langen Stelzen aus dem Wasser ragenden Häuschen seien immer noch in Privatbesitz und manchmal während der Sommermonate bewohnt. Wenn das Bassin geflutet ist, sagte er, erreicht man sie nur mit dem Boot. Als wir in ihre Nähe kamen, schaltete er den Motor ab, um uns herum war Stille. Ich machte einige Zeichnungen von den Pfahlbauten. Vincent schaute mir dabei über die Schulter und wunderte sich, mit wie wenigen Strichen ich die Hütten unverwechselbar darstellte. Alles Übungssache, sagte ich, war aber selbst nicht besonders zufrieden mit mir. Ich war nicht richtig bei der Sache. Iris spukte mir im Kopf herum, auch dieser Fouché, und ich fragte mich, was ich hier eigentlich noch zu suchen hatte. Als ich dann nach diesem zweiten Ausflug mit Vincent wieder in meine Unterkunft kam und den Koffer geöffnet auf dem gefliesten Boden neben meinem Bett liegen sah, war ich schon fast entschlossen, ihn zu packen und am nächsten Morgen in aller Frühe abzureisen. Da stand plötzlich Juliette in der Tür und fragte, ob ich sie und Nadine in die Stadt begleiten wolle, sie habe einiges einzukaufen. Nach Arcachon? fragte ich ein wenig erschrocken. Nein, hier in Andernos, sagte sie. Nadine möchte bestimmt ein Eis essen, und ich würde gern einen Kaffee mit dir trinken. – Darf ich die Damen dazu einladen? fragte ich. Sie willigte ein mit ihrem wunderbar schüchternen Lächeln.

So zogen wir los, gingen die Straße am Rande des Bekkens entlang und kamen an der Kirche, der Schule und an soliden, niedrigen Stadthäusern vorbei. Juliette zeigte mir ein von außen ganz unscheinbar wirkendes Restaurant, in dem man gut essen könne. Sie deutete auch auf das eine oder andere villenartige Haus und beschrieb, wer darin wohnte. Ich war noch nie durch diese Nebenstraßen gekommen und hörte ihr gern zu. Wir erreichten die *Place Gambetta*, setzten uns an einen der Tische draußen vor dem Café direkt bei der Mole und genossen die Nachmittagssonne. Plötzlich sagte Juliette: Da ist Beatrice. Du weißt doch, Beatrice Fouché, die Frau des Abgeordneten. Beatrice! rief sie laut über den Platz hinweg. Eine zierliche Frau drehte sich um, Juliette stand auf und winkte. Ich bekam einen roten Kopf. Ich wollte um nichts in der Welt der Frau begegnen, deren Mann vielleicht gerade mit Iris in meiner Wohnung im Bett lag. Juliette! sagte ich hastig, ich glaube, mir wird schlecht. Ich habe zu viele Austern gegessen. Ich stand auf und ging im Café auf die Toilette. Mir war tatsächlich ein wenig übel. Nach ein paar Minuten öffnete ich vorsichtig die Tür, trat in die Nähe des Fensters, von wo aus ich beobachten konnte, wie Juliette sich mit Beatrice Fouché unterhielt. Juliette schien zu lachen, einmal schaute sie sich um in Richtung des Lokals, ich trat schnell hinter einen Pfeiler, und als ich mich wieder ans Fenster wagte, sah ich, wie sich die beiden Frauen voneinander verabschiedeten. Nachdem Beatrice in einer der Straßen verschwunden war, traute ich mich wieder nach draußen. Juliette schaute mich besorgt an und wollte wissen, wie es mir gehe. Besser, viel besser, log ich, ich habe mich nur ein wenig übergeben müssen. Austern auf fast nüchternen Magen, sagte ich, das kann nicht gutgehen. Ich lachte. Juliette ließ sich davon anstecken. Du mußt eine Karikatur daraus machen, sagte sie: Der Austernesser. Das wäre keine gute Reklame, sagte ich, und sie stimmte mir zu. Und wie geht es Madame Fouché? fragte ich. Ich weiß nicht recht, sagte Juliette, sie klagt immer darüber, daß es im Moment mit dem Antiquitätenhandel so schlecht läuft und daß Jean-Pierre so selten zu Hause ist. Wo ist er denn? fragte ich. Meistens in der Region unterwegs, in Paris oder natürlich in Bordeaux, sagte Juliette, dort hat er eine kleine Wohnung. – Und eine Geliebte? fragte ich. – *Qui sais* … Juliette blickte zur Seite. Ich erzählte ihr von dem Cartoon, das ich Vincent geschenkt hatte, und erwähnte auch die Gerüchte über den Austernfischer Jean-Claude und Madame Fouché. Davon habe sie natürlich auch schon gehört, sagte sie. Aber sie würde nichts darauf geben. Doch wer weiß: Wenn sie jetzt hier zusammen mit mir in dem Café gesehen würde, vielleicht gäbe es auch da schon Gerüchte über sie und mich. Irgendwie fühlte ich mich geschmeichelt und sagte, ich sei mindestens vierzig Jahre älter als sie. Vierzig Jahre? wiederholte sie, als wäre das eine unvorstellbar hohe Zahl, und sah mich erstaunt an. Ja, warum nicht. Dann mußt du fast siebzig sein, sagte sie. Ich gehe unmittelbar auf die Siebzig zu, sagte ich lächelnd. Das wollte sie nicht glauben. Ich mußte ihr meinen Führerschein zeigen, und sie kam trotzdem aus dem Staunen nicht heraus. Sie hatte mich auf Ende Fünfzig geschätzt. Ich bin eben eine Auster, sagte ich, der sieht man ihr wahres Alter auch nicht an, aber immerhin hätte ich doch recht viele Falten im Gesicht. Die würden nichts bedeuten, sagte Juliette daraufhin, das sei eine Veranlagung, meine Augen seien jung, mein ganzes Wesen, darauf käme es an. Und auch die Art, wie ich zeichnete, die sei irgendwie alterslos. So machte sie mir eine ganze Reihe von Komplimenten, und wir gingen den Weg, den wir gekommen waren, wieder zurück zu ihrem Haus. Ich hatte bisher nicht viel von mir erzählt, nur daß ich im Süden Deutschlands wohnen und hauptsächlich als Karikaturist für Zeitungen arbeiten würde. Außerdem hatte ich ihr und Vincent weisgemacht, ich sei zum ersten Mal in dieser Gegend und es sei alles neu für mich. Diese junge Familie war mir sympathisch, deshalb belog ich sie. Das ist bis heute so geblieben und wird auch weiter so sein.

Als ich an diesem Nachmittag Fouchés Frau vom Innenraum des Cafés aus auf der *Place Gambetta* beobachtet hatte wie drei Tage zuvor ihren Mann im *Café de la Plage* in Arcachon, entschloß ich mich, nicht abzureisen sondern weiter den Spion zu spielen. Aber ich fuhr am nächsten Morgen nicht nach Arcachon, sondern zum Haus der Fouchés. Dort stellte ich mein Auto in einiger Entfernung ab, drückte mich tief in den Fahrersitz und wartete. Da in Frankreich das Leben erst richtig gegen elf Uhr beginnt, war ich nicht verwundert, daß Beatrice Fouché um diese Uhrzeit in ihrem Wagen das Grundstück verließ. Ich folgte ihr bis ins Zentrum von Andernos, wo sie an der *Rue de la République* parkte, in einem Antiquitätengeschäft verschwand und eine halbe Stunde später wieder herauskam. Dann fuhr sie nach Westen Richtung Cap Ferret. Ich nahm natürlich an, daß sie einen ihrer Kunden aufsuchen würde. Aber sie fuhr an allen Häusern und Seitenstraßen vorbei bis ans Ende der Halbinsel. Der Weg endet dort auf einem Parkplatz vor einem Restaurant, von dem aus man über die abfallenden Dünen aufs Meer blicken kann. Sie parkte, stieg aus und ging den Weg Richtung Strand. Ich schlich ihr hinterher, verlor sie zeitweilig aus dem Blick und entdeckte sie plötzlich wieder, als sie gerade einen Mann umarmte und küßte. Es waren kaum Touristen da. Ich verließ den Weg, setzte mich in eine Sandkuhle hinter ein paar niedrige Büsche und wartete ungefähr eine Viertelstunde, bis sie den Weg zurückkamen. Sie ging voran, gefolgt von dem Mann. Ich wußte sofort, daß es Jean-Claude war. Ich hatte ihn ja schon einige Male am Hafen der Austernfischer gesehen. Beatrice ging schnurstracks zu ihrem Auto und fuhr davon, Jean-Claude blieb bei einem alten Pick-up stehen und zündete sich eine Zigarette an. Anscheinend ließ er sich Zeit, damit

Beatrice einen genügend großen Vorsprung hatte. Als er schließlich in seinen Wagen stieg, ging ich in das Restaurant und bestellte mir ein Glas Weißwein. Ein Rätsel war gelöst. Ich hätte ein Gerücht bestätigen können und fragte mich zugleich, wo Iris in diesem Augenblick war, ohne es in Wahrheit wissen zu wollen. Während ich gedünsteten Fisch mit einer Sauce aus Crevetten und Knoblauch aß, überlegte ich mir, daß ich nur vier Tage gebraucht hatte, um durch bloßes Hinschauen, mit Geduld und der zwanghaften Neugier des Eifersüchtigen eine Reihe von Vergehen, Betrügereien und egoistischen Verhaltensweisen aufzudecken. Auf eine Papierserviette des Restaurants zeichnete ich mit dem Kugelschreiber ein Kleeblatt mit fünf Blättern. In jedem Blatt war ein Gesicht zu sehen: das von Beatrice, von Jean-Claude, von Iris, von Jean-Pierre und – in der Mitte – von mir. Ich hatte das Gefühl, daß ich genug gesehen hatte, und verkündete am Abend Juliette und Vincent, ich würde am nächsten Morgen abreisen. Das Zimmer hatte ich noch für drei weitere Tage gemietet und zahlte natürlich für die gesamte Zeit, versprach wiederzukommen, aß noch einmal in dem kleinen Restaurant, das Juliette mir gezeigt hatte, ein Dutzend Austern mit Würstchen und Paté und packte dann meinen Koffer. Ich hatte Vincent gebeten, mich zu wecken, bevor er das Haus verließ, und mir eine Thermosflasche mit Kaffee vor die Tür zu stellen. Genau das tat er. Als er an die Tür klopfte, wachte ich aus keinem Traum auf, sondern wußte sofort, wo ich war, und ich freute mich darauf, bald nicht mehr dort zu sein. Ich hatte den frühesten Rückflug von Bordeaux gebucht und rechnete mir aus, daß ich schon gegen Mittag bei mir zu Hause wäre. Plötzlich hatte ich es furchtbar eilig. Heute sage ich mir: Versuche nie, der Zeit vorauszueilen, laß dich von ihr tragen, vertrag dich mit ihr, trag sie in dir.

Fünf Tage lang hatte die Sonne geschienen, ausgerechnet am Tag meiner Abreise begann es zu regnen, ein stäubender Nieselregen, der sich sofort aufs Gesicht legte, auf die Hand, die ich Vincent reichte. Fährst du trotzdem raus? fragte ich. Natürlich, sagte er, warum nicht? Wasser ist immer naß. Er lachte. Wir umarmten uns, ich bat ihn, Juliette und die Kleine zu grüßen, die mich seit gestern «tonton lulusse» nannte, was eigentlich «gugusse» heißen sollte, aber Nadine hatte gerade Schwierigkeiten, das «g» zu sprechen. Juliette hatte scherzhaft über mich gesagt, ich sei «Onkel Clown». Sag Nadine Grüße von ihrem «tonton lulusse», sagte ich zu Vincent, setzte mich ins Auto und fuhr los. Es lag noch immer ein dämmriges Licht über der Landschaft, als ich die ausgebaute Straße nach Bordeaux erreichte. Diesmal wirkten die am Straßenrand aufgestellten schwarzen Symbolfiguren für Verkehrsopfer noch mehr als sonst wie Gespenster, wie Figuren, auf die man schießen sollte. Ich hatte gehört, daß tatsächlich schon auf die eine oder andere dieser Silhouetten geschossen worden war. Wie makaber, dachte ich, dem Sinnbild für einen bereits toten Menschen noch einmal durch Kopf oder Brust zu schießen. Sogleich mußte ich mich an meinen Traum erinnern, denn genau solche Schemen hatte ich auf dem Bürgersteig des Dorfes liegen sehen, nachdem Iris die Leute auf der Straße umgefahren hatte. Da geriet ich plötzlich in einen Stau. Der Wagen vor mir hatte seine Warnblinkanlage eingeschaltet. Ich hielt an, wartete ein paar Minuten, dann stieg ich aus und ging zu dem Fahrer vor mir, der neben seinem Auto stand. Wir warten schon seit zehn Minuten hier, sagte er, ein Lastwagen soll einen Achsenbruch und sich quergestellt haben, die Polizei ist schon da und auch ein Abschleppwagen, die Straße ist bald wieder frei. Ich ging zurück zu meinem Auto, setzte mich hinein und schaute auf der Straßenkarte nach, ob es sinnvoll wäre umzudrehen und einen anderen Weg zu nehmen, wie es einige Fahrer schon taten. In diesem Moment fiel mir ein, daß ich meinen Hut bei Vincent vergessen hatte, meine Tarnkappe. Wenn ich zu Hause bin, nahm ich mir vor, werde ich ein Cartoon zeichnen mit dem Titel «Warum Männer heutzutage keine Hüte mehr tragen». Wie zur Begründung würde ich viele Köpfe skizzieren und oben auf den Köpfen die «Ideen und Gedanken» dieser «Männer»: eine nackte Frau natürlich, ein Rennauto, einen Computer, einen Teller mit einem Eisbein. Ich war gerade dabei, für mich eine Sammlung von «Ideen» zusammenzustellen, als der Wagen vor mir anfuhr. Schnell legte ich die Straßenkarte beiseite und startete meinen Wagen. Auf der Uhr am Armaturenbrett sah ich, daß mittlerweile fast eine Viertelstunde vergangen war. Noch so ein Stau, dachte ich, und ich verpasse meinen Flug. Ich kam an dem zur Seite geschobenen Lastwagen vorbei, dem Abschleppwagen, dem Polizeiauto. Auf einem der Köpfe würde natürlich ein voller Kasten Bier stehen. Und auf meinem Kopf, dachte ich, denn wenn ich solche Zeichnungen von Leuten machte, mischte ich immer auch ein Portrait von mir darunter, auf meinem Kopf wäre eine geöffnete Auster oder eben eine Muschel, in der eine Frau steht, wie bei Botticelli. Ich müßte ein großformatiges Blatt nehmen, mindestens 30 x 50, davon hatte ich noch genug zu Hause. Mein nächster Gedanke war, daß die Abgabe des Mietautos am Flughafen hoffentlich schnell gehen würde, sonst müßte ich verdammt hetzen. Auf einem meiner gestrichelten Glatzköpfe würde natürlich ein Flugzeug landen, die Schädeldecke war der Flugzeugträger. In einiger Entfernung sah ich jetzt wieder ein Auto in meiner Fahrtrichtung am Straßenrand stehen, es hatte kein Licht an. Ich reduzierte die Geschwindigkeit, die linke Spur war frei, also konnte ich gut vorbeifahren. Ich scherte aus, als plötzlich ein Mensch – zuerst dachte ich: eine dieser Silhouetten – hinter dem Auto hervor auf die Straße trat. Ich versuchte auszuweichen, erwischte ihn aber noch mit dem Kotflügel: Es war ein Mann in etwa meinem Alter, wie sich später herausstellte, ein Franzose aus Arès. Er stürzte auf die Straße, ich stoppte sofort, schaltete die Warnblinkanlage ein, lief zu ihm hin und ahnte im selben Augenblick, daß ich diesen Menschen totgefahren hatte. Er lag auf dem Rücken, den Mund geöffnet, die Augen geschlossen, das Gesicht kreidebleich. Über ihn gebeugt aber unfähig, ihn zu berühren, hörte ich mich nur immer wieder sagen: Monsieur, hallo Monsieur, verstehen Sie mich? Da trat jemand hinter mich, schob mich zur Seite und sagte, er sei Pfleger in einem Krankenhaus. Er kniete nieder, faßte dem auf der Straße Liegenden an den Hals, hob eines der Augenlieder an, wendete sich zu mir um und sagte: Er ist tot. Das tut mir leid, sagte ich auf deutsch und dann auf französisch: Er ist mir direkt ins Auto gerannt, als hätte er es so gewollt.

Später beteuerte mir der Pfleger mehrmals, das habe er gesehen, er sei dicht hinter mir gefahren. Ich kann nicht sagen, daß ich einen Schock gehabt hätte. Es war etwas passiert, das ich nicht hatte beeinflussen können. Ich war nicht zu schnell gefahren, hatte nichts übersehen, nichts getrunken, nur ein wenig nachgedacht. Und nun war ich es, der einen Stau verursachte. Zu meiner Überraschung war die Polizei nur wenig später zur Stelle. Wie ich erfuhr, hatte der Tote in einem Altenheim gelebt und an Demenz gelitten. An diesem Morgen, etwa eine Dreiviertelstunde zuvor, war er aus dem Altenheim weggelaufen, stieß auf ein an der Straße geparktes Auto mit laufendem Motor, während sich der Wagenbesitzer gerade an einem Kiosk eine Zeitung kaufte. Der Mann setzte sich ins Auto und fuhr los. Die Polizei war sofort verständigt worden und hatte angefangen, den Wagen zu suchen. Wären Sie fünf Minuten vor mir hiergewesen, sagte ich, wäre das alles nicht passiert. Wir wurden von dem Lastwagen aufgehalten, sagte der Polizist. Ich machte meine Aussage, gab alles zu Protokoll. Der Pfleger bezeugte meine Darstellung und sagte, ich sei völlig unschuldig. Man stellte fest, daß mein Wagen noch fahrtüchtig war, hatte längst meine Papiere überprüft, fragte, ob ich mir zutrauen würde, bis zum Flughafen zu kommen, und ich sagte, sehen Sie mich an, es geht mir gut, mir ist ja nichts passiert, ich habe es nicht gewollt und auch nicht getan, der Tote selbst war schuld. Zwei Stunden nach dem Unfall gab ich den Wagen zurück, der Schaden wurde von der Versicherung geregelt. Meinen Flug hatte ich natürlich verpaßt, aber ich konnte auf eine Maschine am späten Nachmittag umbuchen. Abends gegen acht Uhr war ich zu Hause. Den ganzen Tag über hatte ich nichts gegessen, ich brachte einfach nichts herunter, und es war mir auch egal. Ich trank ein

Glas von dem mitgebrachten Rotwein und legte mich dann ins Bett. Mir war, als hätte ich meine eigene Mutter umgefahren oder als hätten die Götter ihren Tod durch ein anderes Opfer gerächt. Bis heute habe ich niemandem von diesem Unfall erzählt. Im offiziellen Polizeibericht, der an die Presse ging, wurde mein Name nicht erwähnt. Ich hatte ausdrücklich darum gebeten. Auch Iris wird nie etwas davon erfahren.

Als ich sie nach meiner letzten Rückkehr aus Andernos, also vor vier Tagen, in der U-Haft besuchte, waren seit unserem ersten Zusammentreffen, bei dem auch Strobel dabeigewesen war, insgesamt neun Tage vergangen. Wir saßen uns wieder in dem Besucherraum am Tisch gegenüber, ich hatte meinen hellen Leinenanzug an, sie trug eine leichte Baumwollhose und ein T-Shirt mit einem großlettrigen Aufdruck von irgendeiner amerikanischen Universität. Maria oder Julia mußten sie in der Zwischenzeit mit frischer Kleidung versorgt haben. Sie begrüßte mich mit einem «Hallo, Männe», fragte mich aber nicht: Was hast du die vergangenen Tage gemacht? Warum besuchst du mich erst jetzt? Nein, sie sah schlecht gelaunt aus, als sie durch die Tür trat, und ärgerte sich darüber, daß sie von niemandem über den Fortgang der Dinge informiert werde. Man lasse sie nicht telefonieren, sie könne nicht einmal mit ihren Töchtern reden. Seit zwei Tagen habe sie keiner mehr besucht. Jetzt bin ja ich da, sagte ich. Und, gibt es einen Grund zu grinsen? blaffte sie mich an. Allerdings, sagte ich. Welchen? – Mich! – Dich? Mach es bitte nicht so spannend, hier ist wirklich nicht der Ort für deinen seltsamen Humor. Du hast recht, sagte ich und versuchte, eine ernste Miene zu machen. Wahrscheinlich bist du in ein paar Tagen wieder auf freiem Fuß. Na also, sagte sie und stieß die Luft durch die Nase, wußt' ich's doch! Glauben mir diese Idioten endlich, daß ich es nicht gewesen bin? Sie glauben nicht dir, sagte ich, sondern mir. Warum dir? fragte sie erstaunt. Weil ich den wahren Mörder gefunden habe. Du … hast … wen? … wann? Als sie zu stottern anfing und die Augen aufriß, war das für mich eine ungeheuer befriedigende Situation. Sie blickte mich an, sie nahm mich wahr. Je detaillierter ich ihr dann davon erzählte, warum ich die letzten Tage unten am Becken gewesen war und wie ich herausbekommen hatte, wer Fouché tatsächlich ermordet hatte, merkte ich, daß ihr erstaunter Ausdruck immer mehr einem spöttischen Lächeln glich. Sie unterbrach meinen Bericht und sagte: Hör auf, Männe, erzähl mir keine Märchen. Es ist nett von dir, daß du mich ein bißchen aufheitern willst, aber mir geht der Arsch auf Grundeis, und ich bin keine von deinen Karikaturen. Es ist alles wahr, was ich dir sage, beschwor ich. Strobel muß jede Minute hier sein, er hat mir gesagt, daß er ein wenig später kommt, er wird dir alles bestätigen, es war jemand, den du nicht kennst. Nun wurde sie wieder zornig: Und wen genau willst du überführt haben? Wie war noch der Name?

Bevor ich antworten konnte, wurde die Tür geöffnet und Strobel kam herein. Haben Sie's ihr schon erzählt? fragte er mich und streckte Iris gleichzeitig die Hand entgegen, um sie zu begrüßen. Ja, sagte ich, das Wesentliche, aber sie glaubt mir nicht. Das würde ich in Ihrer Situation, Frau Hellwig, wahrscheinlich auch nicht. Aber Männe hat Ihnen sicher die Wahrheit gesagt, er hat den Mörder gefunden und überführt und zwar, so unglaublich das klingt, vor fast genau 24 Stunden. Der Mann sitzt schon in U-Haft und hat ein Teilgeständnis abgelegt. Es gibt noch einige Ungereimtheiten. Wenn die geklärt sind, kommen Sie frei, vielleicht morgen schon, spätestens aber in drei bis vier Tagen. Ich glaub' es nicht, sagte Iris. Zugegeben, es war ein Zufall, sagte ich. Aber es hat mir keine Ruhe gelassen, du konntest es nicht gewesen sein, und deshalb bin ich einfach nach Bordeaux geflogen und habe, eben durch einen Zufall, den Mörder von Fouché entdeckt. Ich habe es der Polizei gemeldet, meine Beobachtungen zu Protokoll gegeben, man hat den Mann verhört, er hat gestanden, und du bist frei. Jetzt war es das erste Mal, daß Iris mir ganz direkt in die Augen sah. Das will ich alles genau wissen, sagte sie leise, bis ins kleinste Detail. Kannst du haben, sagte ich. Wenn der Haftrichter deine Entlassungspapiere unterzeichnet hat, hole ich dich ab, und dann werden wir genug Zeit haben für viele Geschichten, auch für diese. Willst du mich auf den Arm nehmen? sagte Iris, und in ihre Augen traten Tränen. Jetzt hören Sie doch auf, Männe, Frau Hellwig zu verunsichern, sagte Strobel verärgert. Ist schon gut, sagte ich, aber ich bleibe dabei: «Viele Geschichten», darauf freue ich mich.

Wenn ich mich recht entsinne, gibt es gar nicht so viele Geschichten in meinem Leben. Meine Kindheit und Jugend, meine Güte, da gab es den Krieg, die Flucht meiner Eltern aus Schlesien, aber das habe ich nie als persönliches Schicksal empfunden. Und meinen Eltern ging es nach dem Krieg ziemlich schnell wieder recht gut, sie fielen auf die Füße, und meine beruflichen Erfolge mußte ich mir nicht erkämpfen, ich bekam sie so gut wie geschenkt. Der unerwartet frühe Tod meines Vaters, daß er einfach so vom Dach des Hauses stürzte, das er entworfen hatte, das war ein Schock. Ich selbst habe nie eine Heldentat begangen, habe mich immer im Hintergrund gehalten, und meine gescheiterte Ehe ist eher ein Unglück, das jedem anderen auch zustoßen kann. Elke und ich, wir paßten nicht zueinander, mehr war es nicht. Der Gedanke an die Zwillinge, das ist das einzige, was mich immer noch ein wenig aufwühlt. Meine sonstigen Frauenbekanntschaften, die ich alle unter dem Namen Corinna Behrend subsumieren könnte, zähle ich mehr zu den Anekdoten. Nur eine Geschichte hielt mich bis jetzt gefangen, weil ich sie nie zu Ende erzählen konnte, und das ist die mit Iris. Es ist die Geschichte meiner Zukunft. Es ist die Geschichte, unter der ich wirklich gelitten habe, bei der mir das Lachen im Hals steckenblieb, mein Humor mich verließ, mein Blick sich vernebelte, bei der ich mich ständig selbst betrogen habe. Wenn ich im Vergleich dazu nur an den Mann denke, den ich totgefahren hatte! Was war denn unmittelbar zuvor passiert? Ich hatte in meiner Bilderphantasie meinen Kopf in eine Karikatur verwandelt und darauf Iris in einer Muschel auferstehen lassen. Wie hätte ich unter diesen Umständen den Mann sehen können, der plötzlich hinter seinem Auto hervortrat? Nach meiner Rückkehr aus Frankreich saß ich nächtelang an meinem Schreibtisch und versuchte, das Trauma, am Tod eines Menschen schuld zu sein, durch Zeichnen zu bewältigen. Wie man sich vorstellen kann, ist ein ganzer Haufen skurriler Cartoons daraus geworden: Verwirrter Mann sieht Engel, läuft hinterher, wird überfahren – verwirrter Mann sucht seine Mutter auf der Autobahn und wird überfahren – verwirrter Mann will seine halluzinierte Wohnungstür mitten auf einer Autobahn aufschließen und wird überfahren – verwirrter Mann hechtet auf einer Straße nach einem Ball und wird überfahren … Daneben entstanden eine Reihe anderer

Blätter, die ich nie wieder angesehen habe. Sie haben alle mit Fouché zu tun. In ihnen lasse ich meinen ganzen Groll gegenüber diesem Abgeordneten aus, denn er war ja der eigentliche Grund dafür, warum das alles passiert war: Fouché am Kreuz, Fouché geköpft, Fouché gefoltert, von einem Löwen (mir), einer Python (mir), einer Giraffe (mir), von einer Auster (mir) gefressen, gelyncht, erdrückt, zerquetscht. Das sind meine Ich-freß-dich-mit-Haut-und-Haaren-Cartoons. Mindestens zwanzig Stück. Drei oder vier davon habe ich später abgewandelt und veröffentlicht unter Stichwörtern wie «Eifersucht», «Habgier» oder «Meuchelmord». Als Iris mir damals eine Woche nach ihren «Ferien» den Wohnungsschlüssel zurückbrachte, war mein Zeichentisch sauber aufgeräumt. Ich hatte beschlossen, ein Doppelurlaubsleben zu führen, und bemühte mich das erste Mal, seit ich in der Zeitung arbeitete, um einen Volontär oder einen Praktikanten. Aus den Bewerbern, die sehr zahlreich waren, wählte ich eine Frau aus: Corinna Behrend.

Auch über Corinna werden wir sprechen, es wird sich nicht vermeiden lassen. Wenn du ein Foto von ihr siehst, wirst du sagen: Die sieht mir ja unheimlich ähnlich, als ich in dem Alter war. Du wirst recht und unrecht haben. Corinna hatte dieselbe Frisur wie du, und das faszinierte mich an dem Bewerbungsfoto. Ihre anderen Unterlagen wiesen einen normalen Bildungsweg aus, aber es lagen auch zwei Zertifikate von Zeichenkursen an der Volkshochschule bei, an denen sie neben ihrem Studium der Germanistik und Geschichte teilgenommen hatte. Um mich korrekt zu verhalten, bat ich die Bewerberin, mir eine Probemappe mit Zeichnungen zu schicken, und legte sie Reutlinger vor. Ihm gefielen die Arbeiten gut. Da könnte mal etwas draus werden, sagte er. Es waren auch Comics dabei in der Art japanischer Mangas, die bei uns in ihrer künstlerischen Ausformung erst allmählich bekannt wurden. Ich lud Frau Behrend in die Redaktion ein. Als ich sie bei der Anmeldung abholte, war ich im ersten Moment enttäuscht, denn sie war blond. Auf dem Foto haben Sie dunkle Haare, sagte ich gleich. Gefärbt, sagte sie. Ich wollte mal sehen, wie ich dunkelhaarig aussehe. Eine Laune. Es dauerte nicht lange, da wollte ich wieder so aussehen wie immer. Aber es hat Ihnen gut gestanden, sagte ich. Wir gingen in einen Büroraum, den ich zusammen mit unserem Layouter, Fritz Kemper, benutzte. Er gestaltete vor allem die Wochenendseiten und war Dienstag und Mittwoch nie anwesend. Ich schaute hier höchstens zweimal im Monat vorbei. Nun aber setzte ich mich hinter den Schreibtisch und tat so, als wäre er meiner. Zuerst, sagte ich zu Corinna, möchte ich, daß Sie lernen, wie man recherchiert. Auf der Suche nach der verlorenen Zeit – *A la recherche du temps perdu*, Sie kennen das Werk von Marcel Proust? fragte ich. – Ich hab mal hineingelesen, fing sie an. – Recherchieren, unterbrach ich sie, ist eine der Grundlagen jeder journalistischen Arbeit, egal ob in der Wortbeitragsparte oder im Bildbereich. Ich gebe Ihnen eine Woche Zeit, um alles über einen – ich zögerte, als müßte ich in meinem Kopf einen Namen suchen – Mann namens «Fouché» herauszubekommen. Die Franzosen sind unsere Freunde. Klappern Sie ganz Frankreich nach diesem Namen ab. Sein Profil: Politiker. Wenn es keinen Politiker Fouché gibt, haben wir, beziehungsweise Sie, Pech gehabt, dann will ich etwas über alle anderen Fouchés wissen, vom Hobbyfotografen bis zum Restaurantbesitzer, eben alles, was es im Internet gibt. Sollten Sie ein Foto von einem Jean-Pierre, Jacques, Daniel, Philippe oder – wie immer er auch heißt – Fouché finden, möchte ich es als Zeichnung sehen, von Ihrer Hand natürlich. Das ist Ihre erste Aufgabe. Wenn Sie die erledigt haben, werde ich mich weiter um Sie kümmern. – Mit diesen Worten stand ich auf und verließ das Büro, hatte den großen Macker gespielt, ließ Corinna Behrend allein und fühlte mich alles andere als wohl. Ich hatte das erschrockene Gesicht gesehen, aus dem heraus Corinna mich mit ehrfurchtsvollen Augen angestarrt hatte. Sie war 27 Jahre alt. Am Abend machte ich eine Zeichnung: Ein blondes langhaariges Mädchen wie Corinna küßte mir, einer caesarischen Figur, die Füße. Unter die Zeichnung schrieb ich: «Erziehung». Mit diesem Cartoon begann eine Phase in meinem Leben, in der ich es verfluchte, Zeichner, vor allem ein so schlechter Zeichner geworden zu sein. Corinna hingegen machte ihre Aufgabe gut, sie hatte drei «Fouchés» aufgetan, unter denen auch Iris' Liebhaber war. Ihre Portraits konnten sich durchaus sehen lassen, enthielten aber noch zu viele Details. Die Karikatur des Gesichts eines Menschen sollte nie aus mehr bestehen als aus einer gebogenen, geraden, breiten oder kurzen Nase, aus tiefliegenden, hängenden, kleinen oder großen Augen, einem schmallippigen, geschwungenen oder verzogenen Mund, einem flachen, eckigen oder gespaltenen Kinn und aus einer hohen, niedrigen oder zerfurchten Stirn. Aber nun wußte ich, daß Jean-Pierre Fouché ursprünglich aus Bordeaux stammte, zwei Jahre jünger war als Iris und in seiner Partei als Emporkömmling galt. Er war passionierter Sportler, hatte irgendwann einmal im Weitspringen eine Medaille gewonnen und trat jetzt vor allem für den Umweltschutz ein. Die Bewahrung regionaler kultureller Errungenschaften, von traditioneller Austernfischerei bis zur Unterstützung von Laienspielgruppen, standen an erster Stelle seines politischen Programms. Er war verheiratet, Jurist und wurde als «volksnah» beschrieben. Ein Profil wie ein Weichkäse. Zeichnen Sie das, sagte ich zu Corinna. Was? fragte sie. Zeichnen Sie diesen Abgeordneten Jean-Pierre Fouché als einen «politischen Weichkäse». Corinna wurde erst rot, dann lachte sie. Das kann ich nicht, sagte sie. Versuchen Sie es, forderte ich sie auf. Sie haben zwei Tage Zeit. Wenn ich es nicht schaffe, bin ich dann gefeuert? wollte sie lächelnd wissen. Da gefiel sie mir. Nein, sagte ich, nur suspendiert. Sie brachte drei ganz exzellente Zeichnungen. Eine von ihnen wurde später in der Wochenendausgabe veröffentlicht. Fouché hätte sich nicht wiedererkannt, aber jeder bekam sofort einen Eindruck davon, wie ein politischer Weichkäse aussieht. In dieser Zeit begann ich, Iris für eine Weile zu vergessen.

Corinna und ich freundeten uns an, ganz allmählich. Als wir das erste Mal miteinander schliefen, ging alles gut, es war bestens, ich war zufrieden, aber ich weiß nicht, was sie empfunden hat. Ich hatte sie an einem Samstagnachmittag im Juni zu einem «Arbeitsgespräch» in meine Wohnung eingeladen und erinnere mich noch, daß draußen wie aus heiterem Himmel ein Gewittersturm losbrach. Von der Endhaltestelle der Straßenbahn war es ein ganzes Stück bis zu mir hinauf. Es gab an diesem Tag heftige Windböen. Sie ließ ihren kleinen Taschenschirm aufschnappen und kämpfte damit gegen Wind und Regen an, bis er an einer Seite nach innen einknickte. Instinktiv habe sie sich umgedreht, um die Regenschauer nicht ins Gesicht zu bekommen, da sei der Schirm eingerissen, und weil er plötzlich nutzlos geworden war, habe sie ihn einfach losgelassen und zugesehen, wie er die Straße hinunterflog, über den Asphalt torkelte und schließlich an einem Gartenzaun hängenblieb. Dieses Bild gefiel mir, sagte sie später, es paßte zu der ganzen Situation. Sie habe lachen müssen, ging rückwärts weiter den Berg hinauf, spürte, wie ihr der Regen durch die Kleider bis auf die Haut drang, fragte sich, wann denn nun endlich das Haus käme, in dem ich wohnte, bis sie mich schließlich sah, wie ich fluchend und hektisch versuchte, das Verdeck meines Cabrios hochzuklappen. Sie hängte sich ihre Tasche über die Schulter und half mir. Wenig später standen wir beide in meiner Wohnung, völlig durchnäßt. Ich holte für Corinna einen Trainingsanzug. Sie zog sich im Bad um und ich mich im Schlafzimmer. Als sie in mein Arbeitszimmer trat, frottierte sie sich die Haare. Ich wollte meine nassen Sachen im Bad aufhängen und sah dabei, daß sie auch ihre Unterwäsche ausgezogen und zum Trocknen über den Rand der Badewanne gelegt hatte, einen schimmernden, blütenweißen Slip und BH wie aus dem Hochglanzprospekt einer Kaufhausreklame. Dieser Anblick, ich weiß nicht warum, machte mich aggressiv.

Ich verspürte ein Lustgefühl, aber gleichzeitig hätte ich Corinna dafür gern bestraft. Achtlos hängte ich meine Kleider an dem Haken an der Tür auf. Corinna redete drauflos, als ich ihr gegenübersaß, über das Unwetter, die Leute in der Straßenbahn und schließlich über die Zeitung. Sie sei jetzt fünf Wochen dabei, und alles käme ihr ungeheuer provinziell und spießig vor. Die Büros, sagte sie, riechen nach einem jahrhundertealten Mief, daran änderten auch die Computer nichts. Reutlinger junior sei ja ganz nett und wohl ein bißchen in der Welt herumgekommen, aber sonst sei jeder darauf bedacht, nur nicht aufzufallen. Lähmend sei das. Ich sei da die einzige Ausnahme, eine exotische Pflanze. Wenn es mich nicht gäbe, hätte sie schon längst die Fliege gemacht. Finde was Besseres, sagte ich. Wir duzten uns, weil ich irgendwann darauf bestanden hatte, ich wollte ihr nahe sein. Sag: Männe, hatte ich gesagt, und ich darf dann «Corinna» sagen, einverstanden? Natürlich. Sie war sofort dabei. Fast alle duzten mich in der Zeitung. Finde was Besseres, hatte ich gesagt. In größeren Blättern sind die Redaktionsräume vielleicht ein bißchen heller, die Themen möglicherweise interessanter, aber die tägliche Arbeit, das Abstumpfen bleibt. Da wir nun schon einmal beim «Abstumpfen» angelangt waren, erzählte ich ihr von Stumpf. Er hat sich nicht zu Tode geraucht, sagte ich, das war nur ein Nebeneffekt. Er hat in der Nase gebohrt und sich angeschaut, was er dort herausholte, das war seine einzige Entdeckung, während er einen Text über eine «Goldene Hochzeit» redigierte. Es gab keinen Inhalt. Daran ist er gestorben, an Leere. Manchmal konnte ich ihm das gut nachempfinden, sagte ich, da war ich sogar bereit, Feuer in der Zeitung und in der Druckerei zu legen und danach alle Ausgänge zu verschließen. Am nächsten Tag wäre keine Zeitung erschienen, stell dir das vor! Ein anderes Mal fuhr ich über eine Landstraße, beschleunigte und stellte mir für Sekunden vor, direkt in eins der entgegenkommenden Fahrzeuge hineinzufahren. Auch dann hätte es keine Zeitung mehr gegeben – für mich und den anderen Fahrer. Ich hätte womöglich einen Abonnenten getötet. Was aber war zum Schluß tatsächlich dabei herausgekommen? Ich zeichnete eine Karikatur – die Führer der Opposition und der Regierungspartei rasten aufeinander zu und beide schrieen: «Aus dem Weg!» Corinna lachte, sie nahm mich nicht ernst.

Wer allein lebt, kommt an Selbstmordgedanken nicht vorbei, sagte ich. Wer hingegen mit jemandem zusammenlebt, räumt dessen Wäsche weg. Oh, sagte Corinna, stört es dich, daß ich meine Sachen in deinem Bad so ausgebreitet habe? Aber nein, sagte ich, im Gegenteil, du hast einen guten Geschmack, zumindest bezogen auf das, was du unter deinen Jeans und T-Shirts trägst. Sie lachte wieder, und so ging es immer weiter, wir sprachen über unsere Arbeit, ich öffnete irgendeine der Schubladen eines Zeichenschranks, legte den Packen ungeordneter Blätter auf den Boden, und wir gingen Zeichnung für Zeichnung durch. Corinna lobte mich, war überrascht, ich wiegelte ab und wies sie auf Oberflächlichkeiten, Klischees und Pfuscharbeiten hin. «Pfuscharbeiten?» sagte sie. So nenne ich das, wenn man schludert, sagte ich. Ist das auch geschludert? fragte sie und deutete auf einen meiner «Fensterblicke». Hinter einem Fenster ist eine Frau als Silhouette zu erkennen, sie zieht sich gerade aus. Nein, nein, sagte ich, das sind ernsthafte Studien, realistische Beobachtungen, und grinste. Aber du siehst von deiner Wohnung aus auf kein einziges Fenster, woher hast du das Motiv? Soll ich ehrlich sein? fragte ich. Warum nicht? sagte sie und blickte mich an. Ich zögerte. Corinna hatte mir ihre Unterwäsche gezeigt und damit auch, daß sie unterm Trainingsanzug nichts trug. Manchmal miete ich mich für ein paar Nächte in ein Hotel ein, in ein bestimmtes Zimmer, von dem aus ich in gegenüberliegende Wohnungen sehen kann. Du bist ein Spanner! sagte Corinna amüsiert. So würde ich das nicht nennen, sagte ich, weil ich mich an dem, was ich beobachte, nicht aufgeile, ich muß einfach von Zeit zu Zeit etwas anderes sehen als diese miefige Umgebung der Zeitung und unserer Stadt. Ich muß Menschen sehen, die ich nicht kenne, die ein Geheimnis haben, die mich auf etwas bringen, auf einen Gedanken, auf etwas Unbekanntes. Aber das ist ziemlich erotisch, sagte sie. Ich habe diese «Fensterblicke» nie veröffentlicht. Gibt es noch mehr davon? Corinna schaute mich neugierig an. Ihre langen blonden Haare fielen glatt an ihren rundlichen Wangen herab, sie sah mich aus ihren blauen Augen groß an, ihre Lippen glänzten feucht, und ich mußte sie bestrafen, weil sie mich provoziert hatte. Ich setzte mich aufs Sofa und befahl ihr, sich neben mich zu setzen. Sie folgte. Das war die erste Strafe. Ich sagte, es gebe Fensterblicke und andere Blicke. Dabei zog ich langsam den Reißverschluß ihrer Jacke auf und öffnete sie wie die Flügel eines Altars. Corinna ließ es geschehen. Ich versuchte nicht, sie zu küssen, ich habe sie bis heute nicht geküßt. Sie ließ sich in die Kissen zurückfallen, und das war unser erster Nachmittag auf dem Sofa. Ich hatte sie bestraft. Ich war heftig gewesen.

Es folgten noch ein paar dieser «Bestrafungen». Sie war des öfteren bei mir, blieb auch über Nacht. Irgendwann einmal wachte ich auf, sie lag nicht neben mir. Ich fand sie in meinem Arbeitszimmer. Die unterste Schublade eines Zeichenschranks war herausgezogen, sie saß davor und blätterte in Zeichnungen. Suchst du was Bestimmtes? fragte ich von der Tür her. Sie erschrak. Hier gibt es eine Frau, sagte sie, die hast du oft gezeichnet, aber die Blätter sind alle – wie hast du das genannt? «Pfuschbilder»? – «Pfusch*arbeiten*», korrigierte ich Corinna, trat hinter sie und sagte: Das ist Iris, jedenfalls soll sie es sein, eine alte Bekannte. Eine schöne Frau, sagte sie. Ich gab ihr recht. Irgendein amerikanischer Schauspieler hat einmal gesagt, eine schöne Frau sei entweder das, was man nie bekommt oder, wenn man es hat, schnell wieder verliert. Dabei ist es doch so unwichtig, ob eine Frau schön ist oder nicht. Sie muß Kraft haben, jung sein auf ihre Art. Ich zeichne Iris immer wieder, ich versuche es, es gelingt mir nicht, aber ich sehe sie dadurch vor mir, sie ist ganz nah, in meinem Kopf.

Unter der Voraussetzung, daß Sie recht behalten, hat mir heute der Haftrichter versichert, wird Ihre Bekannte umgehend entlassen werden. Er sagte etwas von «24 Stunden», aber festlegen wollte er sich nicht, sprach von «Haftrisiko», wimmelte mich ab. Ich hingegen mußte aufpassen, daß ich mich nicht verriet, meine Zuversicht überbetonte. Staatsanwalt Schilkött war nicht zu erreichen. Bei ihm habe ich zuerst versucht, eine Auskunft zu bekommen. Seine Geschäftsstelle war nicht besetzt. Als ich unzufrieden auflegte, überlegte ich mir, daß es ganz gut war, daß ich ihn nicht erreichen konnte. Ich sollte meinen Namen nicht zu oft ins Spiel bringen. Eine Anfrage bei der französischen Polizei in bezug auf mich könnte zumindest ans Licht bringen, daß ich damals den alten Mann umgefahren hatte. Was heißt «alter Mann». Er war genauso alt wie ich. Als Corinna mich nach Iris fragte, mußte ich nicht nur an sie, sondern auch an ihn denken, sie schweben in meinem Kopf nebeneinander. Nun ist auch noch Fouché dabei. Aber Iris ist keine Tote, wie komme ich nur darauf? Sie ist bald frei. Noch 24 Stunden. Erinnerungen sind wie ein Farbraum, Aquarelle, in denen sich alles mischt.

Iris, sagte ich nachdenklich zu Corinna in dieser Nacht, als sie nicht hatte schlafen können, hat einmal ein Volontariat bei der Zeitung gemacht, so wie du. Und vor etwa einem Jahr, log ich, traf ich sie wieder und fuhr mit ihr nach Frankreich. Ich wollte Corinna nicht die ganze Geschichte erzählen. Als gute Freunde, alte Bekannte, sagte ich und log wieder. Der Hahn kräht dreimal. Ich setzte sie in Bordeaux ab, sagte ich also, und bin dann weitergefahren nach Andernos. Dort gibt es eine reizende Austernfischerfamilie – jetzt war ich wieder bei der Wahrheit –, bei der ich immer wohnen kann. Würde dich das reizen? Corinna nickte und machte wieder ihre schönen großen blauen Augen. Wann ist deine Zeit in der Redaktion vorbei? wollte ich wissen. In einer Woche? Wunderbar. Wir beide fahren nach Südwestfrankreich, ans Becken von Arcachon, ich rufe Vincent morgen an. Ich rief Vincent an. Er sagte nur: Nadine wird sich freuen, und an eben diesem Wochenende haben wir Austernfest.

Knapp zwei Wochen später waren Corinna und ich unterwegs. Wir fuhren über Paris, blieben dort für zwei Tage und wohnten in einem kleinen Hotel in der Nähe des *Boulevard St-Michel*. Fast einen ganzen Tag verbrachten wir im *Louvre*, sahen in einem Seitenflügel zu meiner Freude und Überraschung auch eine Magritte-Ausstellung, Regenschirme, unter denen es regnet, und auch mein Lieblingsbild mit der Pfeife, die keine sein soll. Am Freitagabend kamen wir in Andernos an. Juliette und Vincent empfingen mich wie einen alten Freund und nahmen auch Corinna herzlich auf. Ich stellte sie als eine Kollegin von mir vor. Sie wohnte im Haus in dem noch nicht ganz fertigen zweiten Kinderzimmer, denn Juliette war wieder schwanger. Austernfest hin oder her, Vincent mußte am Samstag in die Felder, und er nahm uns beide mit hinaus. Corinna war begeistert. Als der Meeresspiegel weit genug gesunken war, stiegen wir aus dem Boot und gingen auf dem freigelegten Land zwischen den parzellierten Gärten herum wie Gutsbesitzer. Ich konnte den Lehrer spielen. Corinna hatte sich bei mir untergehakt und hing an meinen Lippen. Ich erzählte ihr alles über Austern, was ich wußte. Es sind japanische, sagte ich, ist das nicht verrückt? Vor mehr als 150 Jahren, als hier die Austernzucht begann, waren es zunächst einheimische, französische. Dann aber, 1868, landete ein portugiesisches Schiff und brachte von dort am Schiffsrumpf eine neue Austernsorte mit. Millionen von Schwärmlingen trieben ins Becken und vermehrten sich. Hundert Jahre lang kultivierte man daraufhin portugiesische Austern, bis die Bänke und die Brut von einer Krankheit befallen wurden, das war Anfang der 70er. Eine Katastrophe! Man importierte wieder eine neue Sorte, die sich im Becken wohlfühlte, und deshalb sind es jetzt ursprünglich japanische Austern, die wir essen. Wir regen uns über eine Grippewelle auf, aber stell dir vor, du bist Austernfischer, ernährst deine Familie davon und mußt quasi über Nacht feststellen, alles in deinem Garten wird krank und stirbt. Niemand weiß, warum. Wovon leben die überhaupt? fragte Corinna. Von der Liebe, sagte ich und drückte Corinna lachend an mich, und von Plankton und Miniteilchen, die im Wasser schweben, frag mich nicht. Aber sie haben alles, was ein Lebewesen braucht: Leber, Darm, Magen, After, Lunge und Herz. Gehirn auch? fragte Corinna. Nicht so ausgebildet wie bei uns, sagte ich, aber sicher irgendwo vorhanden, eine Steuerungszentrale, vielleicht im Mund, im Schließmuskel, im Schloßband oder im sogenannten Mantel. Klingt geheimnisvoll, sagte Corinna, und wie pflanzen sie sich fort? Durch Eier, sagte ich, millionenfach abgelegt, besamt von der männlichen Auster, und dann gibt es jede Menge Kinder. In Amerika, sagte ich … Corinna ließ mich nicht ausreden: In Amerika, ahmte sie mich nach, was willst du in Amerika … Gibt es Austern, fuhr ich fort, die wechseln ihr Geschlecht, mal sind sie weiblich, legen Eier, dann werden sie männlich und befruchten ihr eigenes Produkt. Wunderbar, sagte Corinna, so was würde ich auch gerne können.

IHR HAAR war an diesem Tag so schimmernd und fein, wie ich nie zuvor Haare an einem Menschen gesehen hatte. Ich sah sie vor mir auf einer Zeichnung, die ich machen würde: Ihr Kopf wie der eines Engels, der die Backen aufbläst, um in einem barocken Gemälde Wind zu erzeugen, umweht von Millionen von Haaren, schwebend in der Luft, als wäre sie aus Wasser. Luftblasen kommen aus ihrem Mund. Ihre Augenlider und Wimpern sind wie Prismen und Lamellen an den Rändern halbgeöffneter Austernschalen. Ihre Augen sind Perlen, hellblaue Perlen, in denen sich Fenster spiegeln. Dahinter erscheint die Silhouette einer Frau, die ihre Kleider ablegt. Wunderbar, sagte Corinna, Austern helfen sich selbst, die ganze Natur scheint darauf angelegt zu sein, immer nur zu überleben, als wäre sie ständig vom Tod bedroht. Austern haben Feinde, sagte ich. Sie sind eine Delikatesse nicht nur für uns. Krabben, Würmer, Seesterne – alle wollen Austern essen. Die Würmer bohren Löcher durch die Schale … – Eklig, sagte Corinna und lachte. – Krabben fressen die junge Brut … – Verständlich, sagte sie, alles, was jung ist, schmeckt gut. Und du, Männe, bist auch so eine Krabbe, die mich frißt. Was glaubst du übrigens, denken dieser Vincent und seine Frau über uns beide? – Wie meinst du das? fragte ich und blieb stehen. – Sie müssen doch denken, da kommt ein Mann in reifen Jahren mit seiner Tochter an, um uns zu besuchen.

ICH SAH die Gärten vor mir, die Abgrenzungen, niedrige Steinwälle, dann Gräben, damit das Wasser besser ablaufen konnte. Gärten dürften keinen Schlick haben, sie sind am besten so sandig und festgestampft wie ein Fußballfeld in der Wüste. Grün sind nur die Ränder, und in den breiteren Rinnen hocken die Schiffe, wie zum Trocknen aufgedockt, auf die Flut wartend, manchmal sind es bis zu fünf Meter Unterschied von Ebbe zu Flut, hatte mir Vincent gesagt. Ich sah wieder die Männer und Frauen, im Sonnenlicht zitternde Gestalten, Schattenrisse mit Rechen und Schaufeln, die Austern wenden wie Heu oder Flachs und die Felder kämmen, damit die Austern sich gleichmäßig formen, eine soll aussehen wie die andere.

Ich legte sie auf eine große runde Platte mit dem spitzen Ende zur Mitte hin, auf ein Bett aus olivgrünem Seetang. Dann kam wieder ein Ring Austern, so daß in der Mitte nur noch Platz war für zwei von ihnen in der 69er Stellung. Zwischen den Schalenhälften gab es kleine Gletscher aus gestoßenem Eis und darauf Zitronenschiffchen mit französischen Miniaturflaggen. Daneben lag in einem Korb frisches Baguette. In einer flachen Stielkasserolle brutzelten auf dem Herd Würstchen, in Butter gebraten und in kleine Stücke zerteilt, nicht länger als ein kleiner Finger. Es duftete nach Geröstetem, nach Knoblauch und Gewürzen und dem salzig-kühlen Aroma des Meeres. In den Schalen lag der hauchdünne, im eigenen Wasser schwimmende, mit spitzem, kurzem Messer vom Taster losgelöste, noch atmende, lebendige

Leib der Austern. Ich hatte für Corinna und mich den Tisch gedeckt, einen Tag nach unserer Rückkehr. Wir waren von Andernos durchgefahren, nur mit ein paar kleinen Stops. Spät nachts kamen wir an, Corinna wollte nicht bei mir übernachten, sondern gleich zu sich nach Hause. Aber morgen mittag, sagte ich, essen wir die Austern. Um eins, sei pünktlich! Corinna kam nicht. Ich rief bei ihr an, sie nahm nicht ab. Ich aß die Austern allein, zwei Dutzend, aß die Hälfte der Wurst, den Rest warf ich weg, trank den köstlichen Rosé aus Bordeaux, gut gekühlt, betrank mich, legte mich aufs Sofa und wachte erst auf, als es draußen schon dunkel war. Ich rief wieder bei Corinna an, sie ging nicht ans Telefon oder war nicht zu Hause. Sie bestrafte mich.

Zwei Abende zuvor waren wir in Andernos zum Austernfest gegangen, in bester Stimmung, Vincent und Juliette saßen bei uns am Tisch in dem großen Zelt. Die Leute klatschten zur Musik einer Banda-Gruppe, die südfranzösische Lieder spielte in stampfendem Rhythmus, durchbrochen vom fetzigen Duell zwischen Trompeten und Posaunen. Da sah ich plötzlich Fouché mit seiner Frau. Sie steuerten auf den Nachbartisch zu. Ich weiß nicht, wie ich ihn hatte vergessen können, Corinna muß ihn aus meinen Gedanken vertrieben haben, und mit einem Mal war es, als würde er direkt vor mir stehen. Ich sagte zu Corinna, ich müsse auf die Toilette und ging schnell Richtung Ausgang. Draußen wartete ich ein wenig, ging dann zurück ins Zelt und sah, daß Fouché auf meinem Platz saß, zwischen Corinna und Vincent, und ihm gegenüber saßen Beatrice und Juliette. Ich schrieb auf einen Zettel, daß es mir nicht gutgehe und ich ins Bett müsse, gab ihn einer Bedienung und zeigte ihr, an welchen Tisch sie ihn bringen sollte. Der blonden Deutschen, sagte ich. Immer wieder habe ich mich später gefragt, wie ich so dumm gewesen sein konnte, an diesem Wochenende nach Andernos zu fahren zum Austernfest. Ich erkannte plötzlich, wie verblendet ich gewesen sein mußte. In diesem Zelt war kein Platz mehr für mich. Corinna reagierte so, wie ich es mir erhofft hatte: Gleich, nachdem sie den Zettel gelesen hatte, war sie aufgestanden und zu unserem Quartier gelaufen. Sie machte sich Sorgen, klopfte an meine Tür, wollte hinein in mein Zimmer, aber ich ließ sie nicht. Ich wollte allein sein, täuschte vor, daß ich mich übergeben hätte, eine schlechte Auster, sagte ich und starrte in die Dunkelheit. Das gibt es hier nicht, sagte Corinna durch die Tür, die verkaufen doch nicht auf ihrem eigenen Fest vergammelte Austern, so blöd sind die doch nicht. Geh wieder zurück, sagte ich mit verstellter, jämmerlich klingender Stimme, amüsier dich. Soll ich einen Arzt rufen? fragte sie. *Mon Dieu, non!* sagte ich, bitte nicht, es geht mir schon etwas besser, aber laß mich jetzt in Ruhe. Hör auf das, was dein Papa dir sagt, fügte ich hinzu und wußte sofort, daß ich einen riesigen Fehler begangen hatte. Verdammte Scheiße, hörte ich Corinna durch die Tür schnauzen, du bist nicht mein Vater. Was dann? schrie ich zurück, ich bin vierzig Jahre älter als du! Mach die Tür auf, sagte sie, damit ich mich davon überzeugen kann. Geh zurück, jammerte ich, laß mich in Ruhe.

So war es gekommen, daß Corinna und ich uns das erste und einzige Mal gestritten haben. Wir sprachen nie darüber, daß sie mich zwei Tage später mit dem Essen sitzenließ. Ich tat so, als hätte es diesen Sonntag ebensowenig gegeben wie das Fest, und auch nicht unsere überstürzte Abreise, die in fast völligem Schweigen verlaufene Fahrt, besser gesagt, eine *tour de force*, als hätte ich uns beide umbringen wollen. Ich fuhr wie ein Verrückter und brauchte nicht länger als zehn Stunden. Corinna saß leichenblaß auf dem Beifahrersitz, die Augen starr und voller Angst auf die Straße gerichtet. Vincent hatte sich ein wenig gewundert, als ich ihn am Morgen darum bat, uns einen Korb voll Austern einzupacken. Ich wollte etwas haben, womit ich mein unerklärbares Verhalten am Abend zuvor Corinna gegenüber wiedergutmachen konnte. Doch dieses Unerklärbare zerschnitt die Verbindung zwischen mir und Corinna. Als wir später, Monate später, irgendwo in der Stadt einen Kaffee zusammen tranken, fragte ich sie, ob sie denn an jenem Abend noch einmal zum Festzelt zurückgegangen sei.

Natürlich, sagte sie, warum denn nicht, du hast doch gesagt, ich solle mich amüsieren. Und was hast du noch gemacht? fragte ich. Ich habe mit Jean-Pierre gevögelt, sagte sie kalt. Mit Jean-Pierre? fragte ich und mußte mich zusammennehmen, um sie nicht anzuschreien. Wer ist das? – Er heißt Jean-Pierre Fouché, sagte sie und sah mich lauernd an. Sagt dir der Name nichts? – Fouché ... Fouché? Ich tat so, als würde ich in meinem Gedächtnis suchen. – Erinnerst du dich wirklich nicht mehr, oder stellst du dich absichtlich dumm? Dein erster Auftrag für mich! – Ja, ja, dunkel, sagte ich und blickte in meine leere Tasse. – Na, also, sagte Corinna sarkastisch. Das sei doch wohl kein Zufall, hakte sie nach und bohrte weiter. Ich erfand Ausreden und Geschichten und gab mit keinem Wort zu, daß ein Zusammenhang bestand. Als sie zum zweiten Mal das Wort «vögeln» benutzte, wurde ich wütend, fragte sie, was sie denn für eine Frau sei, so etwas zu tun, und ob das jemand mitbekommen habe. Keine Angst, sagte sie, deine heilige Austernfischerfamilie, vor der du meinen Beschützer gespielt hast, hat nichts gemerkt. Wo habt ihr denn eure Nummer abgezogen? fragte ich. Hinter der Kirche, sagte sie bissig, am Strand, wenn du es genau wissen willst. Ach, sagte ich, mit Gottes Segen. Und, ist er noch zu haben? Tu doch nicht so, sagte sie, als ob du nicht wüßtest, daß er verheiratet ist. Er sei eben ein Franzose, der nehme es nicht so genau. Die leben freier als wir Deutschen. – Wenn ich deiner Meinung nach diesen Typen kennen soll, dann muß er mich ja auch kennen, sagte ich und lehnte mich zurück. Habt ihr denn über mich gesprochen? Haben wir nicht, sagte Corinna und wurde kleinlaut. Sie wirkte verunsichert. Wir gingen mit einem formellen «Auf Wiedersehen» auseinander, als hätten wir uns nie gestritten und auch nichts weiter zu sagen.

An einem der darauffolgenden Tage rief ich bei Iris an. Ich wollte wissen, wie es ihr denn so ginge, wir hätten uns lange nicht gesehen, ob wir nicht mal wieder zusammen in meine Wohnung nach Arcachon fahren könnten. Stell dir vor, sagte Iris, nächste Woche fahre ich tatsächlich da runter, aber nach Bordeaux, geschäftlich, für zwei Tage. Sie nehme den Zug, sagte sie, schien aufgeregt und verriet mir daher auch, daß sie am Donnerstag ziemlich früh hier wegfahre und um vier Uhr nachmittags dort ankomme, das ginge schneller als mit dem Auto, eigentlich wollte sie ja fliegen, aber … Sie redete wie immer wie ein Wasserfall und fragte erst zum Schluß, wie es mir denn gehe. Ausgezeichnet, sagte ich. Nachdem ich aufgelegt hatte, machte ich noch eine Zeichnung für die Zeitung fertig und brachte sie direkt ins Verlagshaus. Auf dem Weg dorthin entschloß ich mich, ebenfalls nach Frankreich zu fahren. Corinna, dachte ich, hat mir etwas gezeigt. Sie hatte genug davon, mit einem alten Kerl wie mir zusammenzusein. Eine Zeitlang hatte sie es genossen: die Einladungen, das Unverbindliche, die Protektion. Vielleicht hatte sie sich auch ausgerechnet, daß sie durch meine Beziehungen in der Zeitung beruflich etwas erreichen könnte. Aber Reutlinger wollte sie nicht übernehmen. Vielleicht später einmal, hatte er ihr gesagt. Lassen Sie uns in Verbindung bleiben, schicken Sie uns etwas, wenn Sie wollen, freie Arbeiten können wir immer wieder mal gut unterbringen. Ich glaube, dasselbe sagte er den meisten Leuten, die sich Hoffnung auf einen festen Vertrag machten. Corinna war ihm zu selbständig. Das war es auch, was mich an Iris irritierte. Es war doch klar, daß sie nach Bordeaux fuhr, um sich mit Fouché zu treffen. Ich begann, diesen Mann zu hassen.

IV

Es war ein merkwürdiger Moment, als ich die Wohnung in Arcachon betrat nach so langer Zeit. Das letztemal war es heimlich im Traum gewesen, als ich Iris und Jean-Pierre auf dem Boden liegen sah und mich selbst mit dem Kopf auf dem Kissen im Bett, und mit von mir gestreckten, gespreizten Beinen. Ich hatte es nicht mehr fertiggebracht, dorthin zu fahren, seitdem die beiden diese Räume mißbraucht hatten. Ich erwartete umgekippte Stühle, in die Ecken und hinter die Türen geworfene schmutzige Wäsche, verschimmelte Nahrungsmittel im Kühlschrank und – was gibt es noch? – ein völlig verdrecktes Klo, Fouchés Scheiße, eingetrocknet auf dem weißen Porzellan des WCs. Dieses Klosett war relativ neu, ich hatte es aus Deutschland mitgebracht, erstklassige Ware, einen sogenannten Flachspüler, damit man den Haufen, den man gemacht hat, noch ansehen konnte, bevor man ihn wegspült. Das ist wichtig, hatte mir Dr. Holt gesagt, je älter man wird, desto häufiger sollte man seinen Stuhl kontrollieren, er sei wie ein Fingerabdruck der Gesundheit und des Allgemeinbefindens. Aber ich kann mich nur an wenige Momente erinnern, in denen ich mich sterbenskrank fühlte und Angst um mein Leben hatte, Angst vor Krankheit, vor dem Tod. Wenn ich daran zurückdenke, ist an ihnen nur wichtig, daß ich mich hilflos fühlte. Ich verabscheute es schon immer, plötzlich Hilfe annehmen zu müssen, Blöße zu zeigen. Einmal erlitt ich während einer Redaktionssitzung einen Kreislaufkollaps, es war ein furchtbar heißer Sommertag. Ich kippte einfach vom Stuhl, vielleicht auch, weil ich die Wichtigtuerei einiger Kollegen nicht mehr ertragen konnte. Plötzlich fand ich mich auf dem Fußboden wieder, wachte dort auf, sah sie alle um mich herum stehen: Wie geht's dir, Männe – alles okay, Männe? Ein Unfallarzt in weißer Kleidung kniete neben mir und fragte mich, ob ich irgend etwas eingenommen hätte. Ich wollte sofort aufstehen, aber er drückte mir die Schultern nieder wie Keitel, mein ehemaliger Sportlehrer, als ich einmal beim Barrenturnen beim Überschlag einen Holm verpaßte und in der Turnhalle auf den Holzdielen aufschlug. Damals blutete ich aus der Nase und hatte mir den Arm verrenkt, und der Lehrer zwang mich, ein paar Minuten liegenzubleiben. Ich schämte mich, hilflos zu sein. Und genauso unwürdig war es, auf dem mit Kaffeeflecken besprenkelten Teppichboden im Konferenzsaal der Zeitung zu liegen. Jetzt konnten sie sich endlich über mich lustig machen, dachte ich, während mir der Arzt den Blutdruck maß. Ich war es sonst, der dem Puls der Zeit nachspürte, Sprüche machte und

Zeichnungen schuf, der die Protagonisten von Weltgeschichte und Politik auf den Arm nahm. Jetzt mußten sie mir unter die Arme greifen und mich auf die Tragbahre hieven, weil der Arzt darauf bestand, mich vorsichtshalber ins Krankenhaus einzuliefern. Man untersuchte mich auf Herz und Nieren, ich war völlig gesund. Es war nur ein Schwächeanfall gewesen, den auch ein junger Student hätte erleiden können bei dieser Sommerhitze. Zwei Tage lag ich im Krankenhaus. Nach meiner Entlassung ging ich in die Altstadt und feierte meine «Auferstehung» die halbe Nacht durch. So möchte ich wieder einmal feiern. Zusammen mit Iris.

JETZT, ZURÜCK in meinem Apartment in Arcachon, erwartete ich eine Gespensterkulisse, als hätten Diebe die Wohnung verwüstet. Aber alles war aufgeräumt, stand an seinem Platz. Nach ein paar Stunden, in denen ich die Fenster weit geöffnet hielt, roch es nicht mehr nach abgestandener Luft, es war wieder so wie immer. Ich genoß es, einen halben Tag auf der Terrasse des *Café de la Plage* zu vertrödeln, machte ein paar Zeichnungen und las in der wunderbaren Prosasammlung «Tage der Freuden» von Marcel Proust. Am Donnerstagnachmittag fuhr ich nach Bordeaux und setzte mich im Bahnhof in das Restaurant *Entre Les Temps*, aß ein Omelett, trank dazu einen Rosé und beobachtete danach gegen vier Uhr die Begegnung zwischen Iris und Jean-Pierre

Fouché in der Nähe eines Verkaufsstandes für die bordelesischen *Cannelés* in der Nähe des Bahnsteigs, wo sie sich offensichtlich verabredet hatten. Sie hatte, wie eine Stewardeß, ihren kleinen schwarzen Schalenkoffer dabei, zog ihn mit lockerem Schritt hinter sich her wie einen Hund an der Leine. Fouché warf seine Zigarette achtlos weg, umarmte Iris, küßte sie, sie sprachen kurz miteinander, er ging nach rechts ab, sie nach links, als hätte es ein Regisseur so angeordnet. Ich verfolgte ihr Taxi in einem anderen Taxi, kannte längst die Adresse, und sah Iris hinter der Eingangstür des Apartmenthauses verschwinden. Er kam wenig später mit seinem Dienstwagen an, sprach noch kurz mit dem Fahrer und ging dann ebenfalls in das Haus. Ich schlenderte auf der gegenüberliegenden Straßenseite auf und ab, bis es dunkel wurde und ich im dritten Stock die Lichter in der Wohnung angehen sah, die Jean-Pierre Fouché gehörte.

Du müsstest jetzt schreiben, höre ich Iris sagen, daß du erst unsere Silhouetten in den erleuchteten Vierecken sahst, wie wir uns umarmten, wie er mir beim Ausziehen der Kleider half. Wir hatten ein wunderbares Abendessen mit Artischocken, Entenbrust und einem Erdbeersorbet. Das hatte er alles über ein «Catering» bestellt, die Kerzen brannten auf dem Tisch, leise Musik spielte, irgend etwas Orientalisches. Und dann …, dann zog er die Vorhänge vors Fenster, wir gingen ins Bett und machten die Nachttischlampen aus. Hast du so lange gewartet? höre ich Iris leise fragen. Ja, habe ich, werde ich zugeben. Wirklich so lange? wird sie fragen und mich listig anlächeln, bis dann später, nachdem wir miteinander geschlafen hatten, die Lampen in der Wohnung wieder angingen? Ich sehe mich mit dem Kopf nicken. Erstaunlich, wird sie sagen, die Vorstellung, daß du da unten auf der Straße standest, während Jean-Pierre eine Flasche Champagner öffnete und wie nebenbei fragte, was ich davon hielte, wenn er sich scheiden ließe, sich eine größere Wohnung in Bordeaux nähme und ich zu ihm ziehen würde. Mir verschlug es die Sprache, höre ich Iris sagen. – Wir werden draußen sitzen auf ihrer Terrasse oder bei mir auf dem Balkon, es wird eine laue Nacht sein, Ende des nächsten Monats oder schon ein bißchen früher, Mitte August. Ich werde spüren, wie meine verloschen geglaubte Eifersucht für einen Moment wieder aufflackert, aber mehr wie eine Kerzenflamme hinter dem Glas eines Windlichts, die das tiefe Rot des Weins in unseren Gläsern bescheint, einfache Bistrogläser, wie ich sie liebe, und darin ein guter Bordeaux. Und, werde ich Iris fragen, was hast du ihm schließlich geantwortet? Ja, habe ich gesagt, ja, ja und nochmals ja, und zwar auf deutsch. Jean-Pierre habe sie geküßt, wird sie fortfahren, und ihr später erzählt, Beatrice verdächtige ihn bereits, eine Geliebte zu haben, woraufhin er nur den Kopf geschüttelt und mit der

Zunge geschnalzt habe. Damit hätte sie rechnen müssen, weil sie ja auch jemanden habe, auch wenn das Dorf darüber schweigen würde, wisse er doch ganz gut Bescheid. Aber – sei er Beatrice ins Wort gefallen, als sie es leugnen wollte – ihn interessiere nicht im geringsten, wer das sei, er höre weg, wenn Namen genannt würden. Er sei wie eine Auster, genau so wie sie, wenn sie neben ihm im Bett liege, woraufhin, als er das sagte, Beatrice schreiend und fluchend aus dem Salon gerannt sei. Und dann, ein paar Tage später, wird Iris sagen, stellt er mir die Frage meines Lebens, und ich sage ja, ja und nochmals ja. Auf deutsch, werde ich lächelnd ergänzen. Mach dich nicht lustig über mich, wird sie sagen, du kannst doch ganz still sein, du bist mit dieser kleinen Behrend rumgezogen, das wußte die ganze Stadt, nur in der Zeitung hat es nicht gestanden. Lachen wird sie, wenn sie das sagt, und ich werde eine Weile schweigen und ihr die Geschichte von Corinna und Fouché auf dem Austernfest erzählen. Da wird sie sich über den Tisch mir entgegenbeugen, mich mit offenem Mund anstarren und dann zwei Worte ausstoßen: *Ce salaud!* Sie wird ein wenig brauchen, bis sie den zeitlichen Verlauf der Geschehnisse rekonstruiert hat, wobei ich ihr helfe, und sie wird nicht mehr sitzenbleiben können, wird an das Geländer des Balkons treten oder an den Rand der Terrasse und flüstern: Erst hat er deine Freundin gevögelt und mir kurz darauf einen Heiratsantrag gemacht. Nicht zu fassen!

Ich hatte gesehen, wie hinter den Vorhängen des Apartments noch einmal das Licht anging, ich wußte nicht, wie spät es war, und starrte hinauf zu den Fenstern, als auf der Straße ein Polizeiauto hielt und ein Polizist mich fragte, ob er mir helfen könne. Ich versuchte, meine Irritation zu verbergen, stammelte etwas davon, daß ich einen Freund besucht hätte und nun auf ein Taxi warten würde. Zwei Querstraßen weiter, sagte der Polizist, ist ein Taxistand. Mich bedankend ging ich gleich los in die Richtung, die er mir gewiesen hatte. Erst als ich schon dreißig Schritte weit entfernt war, hörte ich den Wagen anfahren und bemerkte, wie er mich langsam überholte. Sie wollten sichergehen, daß ich mich tatsächlich von dem Haus entfernte, in dem der Abgeordnete wohnte, sie beobachteten mich so lange, bis ich in ein Taxi einstieg und mich zum Bahnhof bringen ließ, wo mein Auto stand. Über die Schnellstraße fuhr ich nach Arcachon zurück und ging gleich ins *Café de la Plage*. Dort stellten sie schon die Tische zusammen, aber ich bekam am Tresen noch ein Glas Roten und ging dann hinauf in meine Wohnung. Ohne viel nachzudenken, nahm ich die Meißener Obstschale aus Tante Theresas Geschirrschrank, ging damit in die Küche und wollte sie auf dem schwarzweiß gefliesten Boden zertrümmern. Aber ich brachte es nicht übers Herz. Was konnte Tante Theresa dafür, daß mir Iris in immer weitere Ferne rückte, daß Corinna sich über mich lustig machte, daß ich alleinblieb. Vom Balkon aus blickte ich über das Becken hinüber zu den Lichtern von Andernos, eine durchbrochene Kette flimmernder Sternchen. Ich konnte nicht schlafen, nicht lesen, keine Musik hören, nicht stillsitzen. Mein Herz hörte ich holpernd schlagen und brauchte keine Scherben auf dem Küchenboden zu sehen, um zu wissen, daß etwas in mir zerbrochen war. Nachdem ich die Obstschale in den Schrank zurückgestellt hatte, holte ich aus der Abstellkammer hinter der Küche einen Karton und verstaute darin mein gesamtes Bistrogeschirr. Von diesem Tag an, schwor ich mir, würde ich nur noch aus Tante Theresas Tassen trinken, von ihren Tellern essen mit dem alten Silberbesteck, das ich zu putzen anfing, als es schon dämmerte. Ich war gerade damit fertig geworden, da hörte ich die ersten Boote der Austernfischer. Sie nahmen den Kanal entlang der Küste von Arcachon, um zu den Plätzen gegenüber der Düne von Pilat zu fahren, wo die Austern in den Taschen auch bei Ebbe unter Wasser bleiben, damit sie dick und fett werden. Als die Bewohner von Arcachon zu frühstükken begannen, legte ich mich aufs Bett und schlief endlich ein. Ich schlief bis in die frühen Nachmittagsstunden, machte mir einen starken Kaffee, aß Brot und Käse und fühlte wieder, daß ich von Iris nicht lassen können würde. Dann fuhr ich nach Bordeaux und schlenderte ziellos durch die Innenstadt. Es war mir egal, ob mir Iris dort begegnete, ich hatte es satt, mich zu tarnen, ich langweilte mich. Kurz entschlossen rief ich von einer Telefonzelle aus bei Vincent in Andernos an. Juliette war am Telefon, ich sagte, ich sei wegen eines Treffens von Karikaturisten in Paris, hätte danach ein paar Tage frei, ob ich kommen könne. Juliette war begeistert, im Hintergrund hörte ich Nadine in die Hände klatschen. Übermorgen, sagte ich, sei ich bei ihnen, am frühen Abend. Zwei Wochen lang blieb ich in Andernos, begleitete Vincent auf manchen seiner Ausfahrten, lernte das Boot steuern, die Fahrrinne einhalten und vergaß Iris. Aber nicht Fouché. Von Vincent erfuhr ich alles über die Austernzucht, und er besorgte mir sogar ein kleines Motorboot, mit dem ich einige Male allein zur *Ile aux Oiseaux* hinausfuhr, zu den Pfahlbauten, wo ich mir einen Platz suchte, um zu zeichnen oder einfach nur in der Sonne zu liegen. Ich lernte sogar den heimlichen Geliebten von Madame Fouché etwas näher kennen, er war freundlich, aber zurückhaltend und ziemlich wortkarg. Über etwas anderes als seine Austern oder das Wetter konnte man anscheinend nicht mit ihm sprechen. Mit Nadine machte ich meine Späßchen, zeichnete jede Menge Bilder für sie, und wir machten aus Pappmaché Masken, mit denen sie mich erschrecken konnte. Es war eine wunderbare Zeit.

Schon bei meinem ersten Besuch in der U-Haft hat mir Iris alles gebeichtet. Vier Jahre insgesamt hatte sie ein Verhältnis mit Fouché. Das ist eine lange Zeit, sagte ich. Ja, meinte sie, und ziemlich zerrissen. Wann immer sie sich freimachen konnte in ihrem Job, war sie in Bordeaux gewesen, in Paris, einmal auch in Lyon, zweimal in Beaune, nicht weit von der deutschen Grenze, überall dort, wo Fouché – manchmal unter einem Vorwand – dienstlich zu tun hatte. Seine Frau hat ihn geknebelt, sagte sie. So schnell, wie Iris es sich erhofft hatte, war an Scheidung nicht zu denken. Ihre Treffen und Verabredungen waren immer heimlich, niemand wußte etwas davon, nur vor ihren Töchtern konnte sie nicht verbergen, daß es da «einen Mann» in Frankreich gab. Ihre Telefonrechnungen waren horrend, manchmal redete sie mit Jean-Pierre die halbe Nacht hindurch. Sie lebte über ihre Verhältnisse, auch wenn er ihr immer wieder Geld gab für die Flüge, für die Bahnfahrten und alles bezahlte, solange sie zusammenwaren. Er gab ihr auch Geld für Kleider, er war *généreux*. – Ließ sich seine *Maîtresse* etwas kosten, sagte ich. – Lach nur über mich, sagte Iris. Tränen stiegen ihr in die Augen. Ich tat so, als bemerkte ich es nicht.

AUCH DARÜBER werden wir sprechen müssen, wie schwierig es für mich war, mich all die Tage verstellen zu müssen, an denen ich sie während dieser langen Zeit mal in der Stadt traf, in einem Café oder auch bei ihr zu Hause auf einer Party. Oder wenn sie mich zum Essen am Sonntag einlud und die immer hübscher werdenden Töchter dabei waren, darüber werden wir sprechen müssen, wie gerne ich da eine der Masken aufgehabt hätte, die ich für Nadine aus Pappmaché geformt hatte, um nicht bei meinem stets gespielt aufmerksamen Lächeln in einen Krampf zu verfallen. Ich wußte nicht alles, aber mehr als genug, ich erlebte Iris als einen Menschen, der ein so tiefes Geheimnis in sich trug, daß er daran zu zerbrechen drohte. Mama war wieder mal in Paris, sagte Julia verschmitzt, und ich nahm den Ball auf und fragte weiter: Was hat sie da Schönes gemacht? Ich war auf einem Kongreß, sagte Iris. Und Julia: Wie hieß denn der Kongreß mit Vornamen? Da wurde Iris ärgerlich, das Lügen war schon zu nahe am Rand der Wahrheit, und genau da hätte ich das Messer ansetzen und sagen können: In Paris war ich auch, als du diesen Kongreß hattest, welch ein merkwürdiger Kongreß mit nur zwei Teilnehmern in dem schönen kleinen Hotel in der Nähe des Montmartre, wie hieß noch der andere Teilnehmer, hilf mir mal, der Name fing mit «F» an, irre ich mich? Nur ein Wort hätte ich fallen lassen müssen, den Namen, dann wäre alles geplatzt. Doch ich hielt still, ich hörte zu. – Ich weiß wirklich nicht, was passiert ist, sagte sie, als sie mir an dem Tisch in der U-Haft gegenübersaß und mit der Hand über die glatte, klinisch saubere Fläche wischte.

Er hatte sie vor zwei Wochen angerufen und gesagt, sie solle nach Andernos kommen, ganz offiziell, er nannte ihr den Namen des Hotels, in dem er ein Zimmer für sie reserviert hatte. Erst einmal wird nichts auffallen, hatte er gesagt, denn an diesem Wochenende ist bei uns Austernfest, da kommen die Leute von überall her. Wir treffen uns, soll er gesagt haben, besprechen alles in Ruhe und konfrontieren meine Frau und das ganze Dorf mit der Tatsache. Wir feiern das Austernfest mit, ich ziehe aus dem Haus in Andernos aus und lasse mich scheiden. Wir suchen uns eine Wohnung in Bordeaux, und alles wird so werden, wie wir es uns wünschen. Du fährst nach Hause, besprichst die Sache mit deinen Töchtern, und wenn alles geregelt ist, ziehst du zu mir. Dann wird auch Julia schon studieren, und du bist in jeder Beziehung ein freier Mensch. Sobald sich das Gerede gelegt hat und ich dich offiziell als meine neue Lebensgefährtin vorgestellt habe, heiraten wir.

Kannst du dir das vorstellen, Männe, wie konkret das alles war, wie greifbar nahe? Kannst du dir vorstellen, wie ich mich nach diesem Telefongespräch gefühlt habe? Für mich würde ein neues Leben beginnen, ein Leben in Frankreich, das ich so sehr liebe, ein Leben an der Seite eines Mannes, der alles für mich tat, was ich wollte. Meine kaputte Ehe, die immer noch wie eine schwarze Wolke über mir hing, wenn ich die Mädchen nur ansah oder durch unser Haus ging, das ich ja schließlich mit Volker gemeinsam geplant hatte, ein Leben geplant hatte, das plötzlich in die Brüche ging – dieses Trauma war wie weggeblasen, wie weggezaubert. Erinnerst du dich noch daran, Männe, wie ich dich anrief und sagte, es würden mir gravierende Änderungen bevorstehen und daß mich jemand eingeladen hätte nach Andernos? Ich fragte dich, ob ich den Schlüssel zu deiner Wohnung haben könnte, in Andernos wäre das jährliche Austernfest, da würde ich an dem Wochenende hinwollen. Natürlich erinnerst du dich daran, du hast mir ja den Schlüssel gegeben, aber ich meine: Erinnerst du dich noch an meine Stimme, wie fröhlich ich war? Wie ein kleines Mädchen kam ich mir vor, das seinen Prinzen gefunden hatte, wie in einem Kitschroman, und dabei war ich so eine blöde, dumme, blinde Kuh, die gehört noch nicht mal auf die Weide gestellt. Iris legte die Hände vors Gesicht und weinte hemmungslos.

Ich brauchte mich nicht daran zu erinnern, ich hörte noch ihre Stimme, ich höre sie noch immer, das Wort «Austernfest» hallte in meinem Kopf. Ja, ich gab ihr den Schlüssel, aber ich buchte auch gleich einen Flug nach Bordeaux und reservierte ein Zimmer in einem Hotel am Flughafen. Ich war süchtig geworden danach mitzuerleben, was Iris erlebte, wollte dabei sein, wenn sie mit Fouché öffentlich auftrat, wenn er seine Frau brüskierte vor allen, welch ein Aufstöhnen würde durch das Zelt gehen! Der Herr Abgeordnete und seine deutsche Geliebte, was für ein Hohn, was für eine Schmach, was für eine Endgültigkeit für mich. Ich malte mir aus, wie ich in dieser Nacht der Bekenntnisse zum Flughafenhotel zurückfahren würde, vorbei an den schwarzen Silhouetten am Straßenrand, zu denen eine hinzugekommen war durch meine Schuld. Ich war außer mir und besorgte mir bei Dr. Holt unter einem Vorwand ein paar Beruhigungstabletten. Im Flugzeug saß ich da wie ein Kind, das zum ersten Mal verreist, holte später meinen Reisekoffer vom Laufband und verschwand in meinem Hotelzimmer. Dort probierte ich meine Verkleidung aus. Wer mich kannte, würde mich erkennen. Vincent würde erstaunen und rufen: Männe, was machst du hier, warum hast du dich nicht gemeldet, bei uns ist doch immer ein Zimmer für dich frei? Aber er würde mich nur erkennen, wenn ich direkt vor ihm stehen würde. Nie würde er vermuten, daß ich es bin, der diese Jeans trägt und über der Hose ein dunkelblaues Hemd. Er würde mich spaßhaft für verrückt erklären, wenn ich mit einer Baskenmütze auf dem Kopf, einem angeklebten Schnurrbart und einer Hornbrille herumliefe. Lächerlich sah ich aus, noch lächerlicher als meine eigene Karikatur sein könnte. Ich riß den Bart ab, zog das Hemd aus und statt dessen die Lederjacke über und setzte auf den Kopf den Strohhut. Jetzt sah ich wieder aus wie ein

Tourist. Iris war mit dem Auto gefahren, das wußte ich, aber das Auto stand nirgendwo in der Straße vor meiner Wohnung in Arcachon. Vorsichtig ging ich zum *Café de la Plage* hinunter. Da sah ich sie an einem Tisch in einer der Nischen im hinteren Teil des Lokals sitzen. Sie war allein, schaute aber immer wieder zur Eingangstür. Im ersten Moment wußte ich nicht, wie ich mich verhalten sollte und beschloß, mich wieder hinter dem Karussell zu verstecken, das außer Betrieb war. Rückwärtsgehend trat ich von der Fensterscheibe weg auf die Terrasse vor dem Café, als mich jemand an den Schultern faßte und «Pardon, Monsieur» sagte. Ich drehte mich um, es war Fouché. Er wich mir aus, beachtete mich nicht weiter und betrat das Lokal, wo er auf Iris zuging, sich aber an den Nachbartisch setzte. Sein Mund bewegte sich, während er geradeaus blickte. Iris hielt den Kopf gesenkt, als würde sie in einem auf ihrem Schoß liegenden Buch lesen. Als die Bedienung auf ihn zusteuerte, stand Fouché auf, verließ das Café und ging in Richtung des Karussells. Ich versteckte mich hinter einem Baum, sah Iris aus dem Café kommen und Fouché mit schnellem Schritt folgen. Der Platz war menschenleer, nur wenige Autos waren geparkt. Iris und Fouché sprachen miteinander. Es war deutlich, daß sie sich stritten. Dabei wichen sie immer weiter hinter das Karussell zurück, so daß mein Blick auf sie schließlich verdeckt war. Ich wagte mich hinter dem Baum hervor, schlich im Schatten des Karussells an es heran, kroch schließlich auf allen vieren zwischen die Figuren, zwängte mich hinter ein Pferd und spitzte meine Ohren. So konnte ich jedes Wort hören, das Iris und Fouché wechselten. Schon nach ein paar Sätzen war mir klar, worum es ging: Fouché machte einen Rückzieher. Er könne sich nun doch nicht von seiner Frau trennen, es stehe zu viel auf dem Spiel, Iris könne ihn ja weiterhin in Bordeaux besuchen und auch in Paris oder woanders, wenn er unterwegs wäre in Frankreich wegen seiner Partei. Er entschuldigte sich, bat Iris, nicht auf das Austernfest nach Andernos zu kommen, er wolle keine Szene, keinen Skandal. Seine Stimme war energisch, eindeutig und so nah, daß ich hörte, wie er nach jedem Halbsatz mit der Zunge schnalzte. Ich preßte mich gegen das Holzpferdchen, machte mich so klein, wie ich nur konnte, und spürte, wie die Wut in mir hochkroch. Ich konnte ihre Gesichter nicht sehen, nicht die Arroganz und Gleichgültigkeit in den Augen Fouchés und auch nicht die Enttäuschung, die in diesem Moment Iris die Seele versengte.

NIEMAND KANN sich vorstellen, wie das war, sagte sie und stand vom Tisch im Besucherraum des Gefängnisses auf. Das war – sie stockte, blickte auf den Linoleumboden – wie eine Ganzkörperenthaarung mit kochendem Wachs. Ich war so was von in den Windkanal gestellt, ich wußte überhaupt nicht mehr weiter. Der ließ mich einfach sitzen, der sagte mir frech ins Gesicht, daß er mich jetzt nicht mehr brauchte, der schob mich einfach ab! Und das alles mitten auf der Strandpromenade, du weißt schon, bei dem Karussell. Der ließ mich stehen wie ein Stück alte Mauer. Seine Frau sei schon auf dem Fest in Andernos, da müsse er jetzt auch hin. Dann wollte er mir noch Geld geben für die Fahrt, für meine «Unkosten», *mes dépenses*, stell dir das vor, als wäre ich eine Nutte! Iris fuchtelte mit den Armen herum und starrte mich an. Ich hätte ihr sagen können, daß ich mir das nicht vorstellen mußte, weil ich ganz in ihrer Nähe gewesen war und gehört hatte, wie Fouché sagte: Hier, nimm wenigstens das Geld, es tut mir leid, daß ich dich umsonst herkommen ließ, nimm das Geld. Steck dir das Geld in den Arsch, schrie Iris, ich will nichts mehr mit dir zu tun haben. Das Geld liegt hier auf dem Rand des Karussells, siehst du? sagte Fouché, wenn du es wirklich nicht willst, laß es liegen, ich will es auch nicht. Ich muß jetzt gehen. Dann geh doch endlich, hörte ich Iris sagen, hau ab. Ihre Stimme war von Tränen erstickt. Ich sah Fouché, wie er an dem Karussell vorbei zum Parkplatz ging, in ein Auto stieg und wegfuhr. Iris hörte auf zu schluchzen. Wenig später kam auch sie hinter dem Karussell hervor, ging in Richtung des kleinen Weges am Café vorbei, blieb stehen und drehte sich um. Mir stockte der Atem. Jetzt sieht sie dich, dachte ich, jetzt ist alles vorbei, wirklich alles. Ich versuchte noch, mich in den Schatten der Karusselltiere zu drücken, wollte mich andererseits aber auch nicht bewegen, um mich nicht zu verraten. Iris aber sah mich nicht. Sie ging hinter das Karussell, und als sie wieder in meinem Blickwinkel war, konnte ich sehen, wie sie ihre Handtasche öffnete und Fouchés Geld darin verstaute. Dann lief sie mit raschen Schritten den Weg hinauf zur Straße.

Ich habe das nicht ausgehalten, sagte sie, einfach nicht ausgehalten, diese Erniedrigung, verstehst du, Männe? Ich mußte ihm hinterherfahren, wohin er wollte, wußte ich ja. Also stieg ich in mein Auto und fuhr nach Andernos, ich muß gerast sein wie eine Bekloppte. Erinnern kann ich mich an nichts mehr, ich fuhr einfach nur. Dann war ich plötzlich in diesem Kaff, bog falsch ab, und so dauerte es eine ganze Weile, bis ich das Festzelt fand. Irgendwo am Straßenrand hab ich mein Auto abgestellt und bin dann in das Zelt gerannt, mir war alles egal, ich wollte da rein und diesem Kerl vor seiner Frau einfach eine knallen, ich wollte den echt anpissen, mir stand die Wut bis zum Hals. Und wenn da nicht dieser Typ gewesen wäre, dieser Austernfischer mit seinem Zopf, wie heißt der noch?, der mich dann später beschuldigt hat, hätte ich das auch getan, ich war voll in Fahrt. Aber der fing mich gewissermaßen ab mit seinen kräftigen Armen und sagte, er würde mich einladen zu einem Ricard. Er hatte schon das Glas, so einen Plastikbecher, in der

Hand, das sah aus, als wollte er mir eine Urinprobe anbieten. Eigentlich wollte ich nicht, dachte dann aber, das kann ja nicht schaden, schüttete das Zeug runter und gab dem Franzosen einen Klaps auf die unrasierte Backe. Du bist ein feiner Kerl, sagte ich und ging dann ins Zelt, das war rappelvoll. Da war mein Zorn schon etwas gedämpfter, und ich fing an, darüber nachzudenken, was ich eigentlich wollte. Muß ich mir das alles bieten lassen, fragte ich mich und war schon dabei, auf die ganze Kacke wie eine Erstkläßlerin zu reagieren, der man das Pausenbrot geklaut hat. So gefaßt wie möglich ging ich zwischen den Tischreihen hindurch und suchte Fouché. Er saß, wie's der Teufel wollte, ganz am Ende des Zeltes, in der Nähe der Bühne, wo gerade die Banda-Kapelle spielte. Alle Leute klatschten wie verrückt im Takt, und niemand beachtete mich. Da konnte ich nicht mitklatschen, verstehst du, das war nicht mein Rhythmus. Ich ging zu Fouché, sah die Frau, die neben ihm saß, seine Frau, folgerte ich, eine Zierliche mit einem Puppengesicht, die sah gar nicht so übel aus, hätte sie nicht so einen giftigen Blick gehabt. Jean-Pierre aber, das hättest du sehen sollen, bemerkte mich und erschrak zu Tode. Der wurde kalkweiß. Am liebsten hätte ich ihn vor allen Leuten angebrüllt, was für ein Schwein er war, mich erst heiraten zu wollen und mich dann wie eine Nutte zu behandeln, das hätte gesessen. Aber ich weiß nicht wie und warum – plötzlich war ich die Ruhe selbst.

Ich beugte mich zu ihm hinunter und gab ihm mit einem einzigen Satz zu verstehen, daß ich ihn draußen vor dem Zelt noch einmal sprechen wollte. Und dann bin ich einfach rausgegangen.

Bei all dem war ich Zeuge. Ich war Iris mit dem Auto gefolgt. Auf der Landstraße war sie mir erst weit voraus, aber ich holte sie wegen der Ampeln knapp vor *Le Teich* ein. Sie fuhr rücksichtslos, raste über die Zebrastreifen hinweg, und ich ihr immer hinterher. Als wir nach Andernos kamen und sie hinter dem Zentrum nach rechts blinkte, war mir klar, daß sie sich verfahren würde. Ich hielt hinter der Fußgängerampel, wartete, bis sie wieder vor mir auftauchte, und fuhr ihr dann bis zu dem Park nach, in dem das Festzelt stand. Kaum erblickte sie es, setzte sie das Auto mit einer Vollbremsung halb in einen Graben, stieg aus und lief auf das Festzelt zu. Nachdem ich selbst irgendwo mein Auto stehengelassen hatte, sah ich sie erst wieder am Zelteingang stehen, und zwar zu meiner Überraschung im Gespräch mit Jean-Claude Assas, dem Liebhaber von Beatrice Fouché. Sie trank etwas, dann verschwand sie im Zelt. Weiter als bis zum Eingang wagte ich mich nicht vor, wartete bei den Autos, und wenn jemand aus dem Zelt kam, duckte ich mich. Zwar kannte ich nicht viele Leute in Andernos, aber ich wollte keine zufällige Begegnung riskieren. Solange mich niemand sähe, konnte ich mich wie jemand fühlen, der gar nicht da war. Dann erschien Iris im Eingang und bog nach rechts ab in Richtung Meer. Ihr Gang war unsicher, es kam mir vor, als torkelte sie. Schon wollte ich ihr folgen, da erschien auch Fouché. Er ging ihr nach, ich folgte den beiden, und uns dreien, das konnte ich nicht wissen, kam Jean-Claude Assas hinterher. Er wollte nur mit Fouché reden, wie er später in seiner Zeugenaussage erwähnte, durch die er Iris so schwer belastet hat. Seinen Angaben nach sei da auch noch eine andere Person gewesen, die aber plötzlich wieder verschwunden wäre. «Irgend jemand», hat er zu Protokoll gegeben, der wohl draußen im Park pinkeln wollte, ein «Schatten», *un ombre*. Dieser «ombre» war ich. Etwa fünfzig Meter war ich von Iris entfernt. Dazwischen, auf halber Höhe, ging Fouché. Mir war die Verbindung zwischen uns zu gerade, ich sah uns als drei Punkte auf einer Linie vom Meer über den Park bis zum Zelt gezogen, und das gefiel mir nicht. Abweichen von der Linie, dachte ich, Brechungen in der Struktur, erst dann kommt Leben in die Zeichnung. Deshalb scherte ich nach links zur Kirche hin aus, verschwand im Dunkeln und sah, daß Jean-Claude Iris und Fouché folgte. Er rief ihnen etwas hinterher, machte dann aber kehrt, als er merkte, daß sie ihn nicht gehört hatten, weil die Musik über den ganzen Platz hallte. Augenblicke später trafen Iris und Fouché aufeinander, dort hinter der kleinen Mauer zum Meer hin, ich sehe sie noch jetzt vor mir. Ich stand etwa zwanzig Meter von ihnen entfernt im Schutz des Schattens der kleinen Kirche und sah zu, wie sie sich noch einmal stritten, das letzte Mal. Ich sah auch, daß es mehr war als nur ein Streit. Fouché faßte Iris an den Kopf und griff ihr in die Haare. Sie schien sich nicht zu wehren.

Dieses Arschloch grabschte mir einfach in die Haare, sagte sie, ich weiß nicht, warum ich plötzlich seine dreckigen Hände in meinen Haaren hatte. Dann spürte ich, daß er versuchte, mich an den Ohren zu packen, kannst du dir das vorstellen, Männe? Es war ein völlig verrücktes Gefühl, er hatte meine Ohren in seinen Fäusten und hielt mich auf diese Weise fest, wie ein Schaf. Es tat unglaublich weh, seine Fingerspitzen krallten sich in meine Ohren, und ich konnte den Kopf nicht mehr bewegen, konnte nicht einmal mehr schreien. Fassungslos sah ich mit an, wie sein Mund sich öffnete und er zwischen den Zähnen hervorstieß: Hau ab! Verschwinde! Und laß dich hier nie wieder blicken! Dann riß er noch einmal an meinen Ohren, zog meinen Kopf mit einem Ruck nach vorn und stieß mich weg. Ich taumelte, als hätte er mir einen Tritt gegeben. Er drehte sich um und ging zurück, an der Mauer entlang, das weiß ich noch, dann wurde mir schwindlig, und ich sackte auf den feuchten Sand. Mehr ist nicht passiert, Männe, ich schwör es dir. Irgendwann bin ich mit zittrigen

Knien aufgestanden, bin zu meinem Auto gestolpert, nach Arcachon gefahren, habe meine Sachen gepackt, ins Auto geschmissen und bin losgefahren. Die ganze Nacht bin ich durchgefahren, und als es dämmerte, war ich schon in Clermont-Ferrand. Dort habe ich mich am Bahnhof in ein Bistro gesetzt, Kaffee getrunken und ein Croissant gegessen. Es ist mir schleierhaft, warum sich die Frau, die mich bediente, nicht mehr an mich erinnern können soll, ich habe dort mindestens eine Stunde gesessen. Dann bin ich weitergefahren, das ganze lange Stück über die Landstraße bis Colmar. Irgendwo habe ich eine Kleinigkeit gegessen, mußte manchmal alle fünf Kilometer am Straßenrand anhalten, heulte oder fluchte oder hatte das Gefühl, keine Kraft mehr zu haben. Mehr als einen halben Tag brauchte ich für den letzten Teil der Rückfahrt, und als ich gegen Abend bei mir zu Hause ankam, war ich fix und fertig. Zum Glück war Julia da. Mein Gott, Mama, was ist denn mit dir passiert! rief sie völlig entsetzt, als ich ihr in die Arme fiel. Wie ein Zombie muß ich ausgesehen haben, und so, wie ich war, in meinen verdreckten Klamotten, habe ich mich sofort aufs Bett gelegt, bis dann die Polizei bei uns klingelte und mich verhaftet hat. Da fühlte ich mich zum zweiten Mal an den Ohren gezogen, verstehst du? Ich fragte, warum, was ich verbrochen haben sollte. Sie stehen unter Mordverdacht, sagte dieses Arschloch von Neukirchen. Was, Mord? schrie ich. Wen soll ich denn ermordet haben? Verstehst du, Männe, sie haben es mir einfach nicht gesagt. Bis ich aufs Revier kam, wußte ich nicht, daß irgend jemand Fouché umgebracht hatte, und als sie mir das sagten, fiel ich aus allen Wolken. Aber, und das war natürlich ein Fehler, ich bedauerte es nicht. Ich sagte: An diesem Schwein hat sich jemand die Hände dreckig gemacht, das glaub ich nicht. Nicht «jemand», sagte der Kommissar, so ein gesichtsloses Bürschchen, nicht «jemand», sondern Sie! Sie sind gesehen worden! Und dann hörte ich ein paar Einzelheiten: daß Fouchés Leiche in den Austernfeldern gefunden worden war am selben Morgen, irgendwo in der Nähe der Vogelinsel, festgebunden an einer der Kiefernstangen, erschlagen mit einem festen Gegenstand, wahrscheinlich ein Knüppel, und ziemlich sicher nicht dort bei der Insel, sondern in der Nähe des Festzelts in Andernos. Ob ich bitte mal meine Haare hinter die Ohren zurückschieben könnte. Ach ja, sagte ich, wollen Sie mal sehen, wie er mich malträtiert hat, wie er mir fast die Ohren abgerissen hat, wollen Sie das sehen? Ich muß da irgendwo geblutet haben, sagte ich, ich hatte jedenfalls ein bißchen Blut an den Händen, aber es tut mir nichts weh, der Kerl hat mich gekratzt. Na gut, ich zeigte einer Polizistin, die extra wegen mir da war, meine Ohren, und die sagte: Sie trägt nur einen Ohrring, der andere scheint abgerissen worden zu sein. Männe, das war der Hammer! Dieser Typ von Kommissar grinste zufrieden. Und sie hatten recht. Der linke Ohrring mit der Perle fehlte. Glaubst du, ich hätte das gemerkt? Ich war völlig verblüfft. Den muß er mir abgerissen haben, sagte ich. Das stimmt, sagte der Kommissar, denn ein Ohrring wie der, den Sie noch am anderen Ohr tragen, wurde in der rechten Hand des Toten gefunden. Es wäre besser für Sie, hat der dann noch gesagt, wenn Sie gleich ein Geständnis ablegen würden. Niemals! hab ich geschrieen. Eher sterbe ich! Männe, du kennst mich, ich schwöre dir, daß ich es nicht gewesen bin. Und wie, vor allem, hätte ich dieses Arschloch hinaus aufs Meer bringen sollen, ich, einen Mann, der über einsachtzig groß ist? Mir geht ja schon die Luft aus, wenn ich nur eine Kiste Sprudel die Kellertreppe runterschleppe.

Natürlich hätte ich bezeugen können, daß Iris nichts mit dem Mord zu tun hatte, schließlich war ich dabeigewesen bei dem Streit, ich hatte Fouché weggehen sehen, aufrecht und zielbewußt dorthin, wo das Mäuerchen aufhört und ein Parkweg beginnt. Der Weg führt zum Wasser, Fischer und Privatleute laden dort manchmal Boote ab von den Anhängern. Ich hatte gesehen, wie Iris sich erst hinkauerte und sich dann aufraffte und zu ihrem Auto lief. Die Affäre Fouché gab es nicht mehr, Iris war wieder frei. Am nächsten Tag flog ich nach Deutschland zurück, schaute noch im Verlagshaus vorbei, fand die Meldung über den Mord und die Verdächtige, sprach mit Julia und setzte mich mit Strobel in Verbindung. Zwölf Stunden später kannte ich alle Einzelheiten, die Strobel von der Polizei und dem Haftrichter hatte erfahren können. Fouché war am Vormittag von einem Austernfischer namens Jacques Bertrand am Rande eines seiner Felder nahe der *Ile aux Oiseaux* gefunden worden. Er hatte einen Strick um den Hals, und der Strick war an einer Stange verknotet, so daß die Leiche von der Meeresströmung nicht weggeschwemmt werden konnte. Was für Bertrand zuerst so aussah, als hätte sich Fouché gewissermaßen erhängt, bestätigte sich natürlich nicht, denn auf Schädel und Stirn hatte er eine tiefe Wunde. Er war erschlagen worden, vermutlich von vorn. Man wußte noch nicht, ob er gleich tot gewesen war, oder ob er erst später, als er bewußtlos im Wasser lag, ertrunken ist. In seiner rechten Hand fand man einen Ohrring mit einer Perle. Als die Leiche an Land gebracht worden war, meldete sich Jean-Claude Assas, der einen Streit zwischen einer Frau und Fouché beobachtet hatte, bei der Polizei. Etwa gleichzeitig wurde Fouchés Wohnung in Bordeaux durchsucht, und man fand mehrere Fotos von Iris. Jean-Claude Assas erkannte in ihr die Frau wieder, die er gesehen hatte. Was dann folgte, war polizeiliche Routine: der Haftbefehl, die Festnahme, das Verhör und die Verbringung in die Haftanstalt. Strobel erzählte mir das alles in seiner ruhigen, sachlichen Art und sagte, er könne jetzt erst einmal nichts machen, man müsse abwarten, was die Obduktion ergebe und die Durchsuchung von Iris' Haus. Sie war es nicht, sagte ich zu Strobel, sie kann es nicht gewesen sein, es muß ein Irrtum vorliegen. Warten wir ab, sagte er. Nach all dem, was er bisher von der Polizei gehört hätte, gebe es tatsächlich einige Ungereimtheiten. Und wie, fragte ich, soll dieser Zeuge heißen, Jean-Claude, ein Austernfischer? fragte ich. Assas, ergänzte Strobel, schaute in den Papieren nach und sagte: Er wohnt und arbeitet in Andernos-les-Bains.

Am nächsten Tag kam ich noch einmal kurz nach neun zu dir in die U-Haft, brachte dir ein paar persönliche Sachen mit, die Julia für dich eingepackt hatte, und gab vor, für ein paar Tage in den Norden zu einer Tagung zu müssen. Sobald ich wieder zurück sei, würde ich dich wieder besuchen, wenn du dann nicht schon entlassen worden wärst. Du hast müde gelächelt und mir dafür gedankt, daß ich mich so um dich kümmern würde. Vier Stunden später saß ich in einer Maschine nach Bordeaux, mietete mir gleich nach der Ankunft einen Wagen und fuhr unangemeldet zu Vincent und Juliette. Nadine war noch nicht im Bett, und alle drei sahen mich an, als wenn ich soeben durch den Schornstein in ihre Küche gepurzelt wäre. Männe, sagte Vincent, was machst du denn hier? Wir hatten gehofft, dich auf dem Austernfest zu sehen, so wie letztes Jahr … Ich unterbrach ihn und fragte Nadine, wann es denn Zeit für sie wäre, ins Bett zu gehen. Juliette verstand. Sie vertröstete ihre Tochter auf morgen, ich gab dem Mädchen einen Kuß und versprach ihr, bald wieder zusammen mit ihr Masken zu basteln. Nachdem Juliette Nadine ins Bett gebracht hatte und wieder bei uns saß, sagte ich, daß ich einen Verdacht hätte, wer Fouché wirklich umgebracht habe. Sie glaube auch nicht, daß es die Deutsche war, sagte Juliette, aber im Ort rede keiner darüber, es gebe nur so ein Getuschel hinter vorgehaltener Hand. Die Deutsche, sagte ich, ist eine gute Freundin von mir, ich kenne sie seit vielen Jahren, seit Jahrzehnten. Ich will ihr helfen. Und dann erzählte ich ihnen, was ich im vergangenen Jahr erlebt hatte, als ich bei ihnen die zwei Wochen verbrachte. Ihr erinnert euch, sagte ich, daß ich ein paarmal mit dem kleinen Motorboot zur *Ile aux Oiseaux* hinausgefahren bin. Ja, ja, sagte Vincent. Ihr müßt noch eine Zeichnung haben, die ich dort gemacht habe, sagte ich. Natürlich, sagte Juliette, ging ins Zimmer nebenan und kam mit einem Bilderrahmen zurück. Hinter Glas war säuberlich mein Blatt aufgezogen, eingefaßt von einem Passepartout. Sie legte das Bild auf den Tisch. Ich hatte das Meer gezeichnet und die aus dem Wasser herausragenden Kiefernstangen, es war eine dunkle Zeichnung, eine graugestrichelte Fläche, durchkreuzt von den schwarzen Stangen, die sich wie dürre Arme emporstreckten. An ihre Enden hatte ich Hände gezeichnet oder zumindest verstümmelte Verzweigungen, in denen man Hände erkennen konnte. Und eine dieser «Hände» hielt eine Rose. Ich hatte einen roten Farbstift benutzt, um die schwarz konturierten Blätter dieser aufgeblühten Rose mit einem leuchtenden Rot zu füllen. Es ist das schönste Bild, das wir von dir besitzen, sagte Juliette und sah mich aus ihren großen Nadine-Augen an. Es geht um die Rose, sagte ich. Habt ihr euch je gefragt, warum ich da hinein eine Rose gezeichnet habe? Sie ist das Symbol des Lebens, der Freude, der Schönheit, der Liebe, sagte Juliette spontan. Eine wunderbare Idee, fügte sie hinzu und schaute zu Vincent hin, der immer noch auf das Bild starrte. Es hat noch etwas anderes zu bedeuten, sagte ich. Diese Rose habe ich wirklich gesehen, das ist keine Idee, keine Vision, sie erscheint nur so auf dem Bild. Ich habe gesehen, wie jemand mitten im Meer an einer dieser Stangen eine Rose festband. Jean-Claude, sagte Vincent tonlos. Ja, sagte ich, Jean-Claude, woher weißt du das? Ich habe schon einmal bei ihm im *Atelier* auf dem Schreibtisch eine solche Rose gesehen, sagte Vincent, und ich habe niemals auch nur in einem einzigen von all den *Ateliers* im Austernhafen eine Blume gesehen, eben nur die bei Jean-Claude.

Das ist unglaublich, sagte Iris, als ich ihr vier Tage nach meinem letzten Besuch in der U-Haft wieder gegenübersaß und ihr alles berichtete. Das war es auch für mich gewesen, sagte ich. Ich lag damals auf dem Balkon eines dieser Pfahlhäuser, es war das mit den weißen Fensterläden. Es war so ein wunderschöner, friedlicher Tag, ich sonnte mich und sah den Austernfischern zu, wie sie in einiger Entfernung ihre Arbeit auf den Feldern erledigten, wie sie allmählich damit zu Ende kamen, weil der Wasserspiegel unmerklich stieg. Wie beneidenswert diese Männer und Frauen waren, weil ich mir in diesen Augenblicken nichts Schöneres vorstellen konnte, als aus dem Meer Schätze zu bergen, von denen man leben, die man genießen kann, Austern mit Rechen und Gabel zu wenden wie Heu auf der Wiese. Aber es war eben kein Heu, sondern ein geheimnisvoll verschlossenes Leben, das das Meer wachsen ließ. Es waren völlig ruhige Bewegungen, die sie dabei ausführten, so ruhig und stetig, wie der Meeresspiegel anstieg. Da nahm ich mein Fernglas, um die vor dem flirrenden Wassergrund zitternden Silhouetten genauer sehen zu können, als würde das Heranholen der Ferne an mein Auge auch eine Verlangsamung der Zeit bedeuten, denn ich wollte ja, daß dieser Tag nicht enden sollte, daß die Erde aufhörte, sich zu drehen. Aber die Fischer machten bereits ihre Boote klar und begannen, in die Fahrrinnen hinauszuschippern, die wie dunkle Adern im Meer lagen. Nach einiger Zeit war nur noch ein Boot zwischen den Feldern zu sehen, ein Boot und ein Mensch, den ich sofort an seinen Bewegungen erkannte. Es war

Jean-Claude. Ich sah, wie er gerade vom Boot ins schon kniehohe Wasser sprang und etwas in der Hand hielt, eine Blume mit einer roten Blüte. Er ging zu einer der Stangen, die besonders weit aus dem Wasser herausragte, und band die Blume dort fest. Was für ein poetischer Austernfischer, dachte ich damals, er schenkt dem Meer zum Dank eine Blume. Dann sah ich ihn zu seinem Boot zurückwaten und wegfahren. Eine Stunde später machte auch ich mich auf die Rückfahrt und schaute, als ich nahe bei den Gärten vorbeikam, mit dem Fernglas noch einmal dorthin, wo Jean-Claude die Blume am Pfahl befestigt hatte, und sah nun, daß es eine Rose war, eine rote Rose. Faszinierend, sagte Iris, aber sie verstehe nicht ganz, daß ich in Andernos bei einer Familie gewohnt habe, während ich doch in Arcachon eine eigene Wohnung hätte. Ich hatte geahnt, daß sie mir diese Frage stellen würde und log etwas von Vermietung, die Wohnung sei heiß begehrt, ich würde mir damit gutes Geld nebenher verdienen. So schwindelte ich und freue mich schon darauf, wenn ich nicht mehr lügen muß, wenn ich Iris diese Geschichte noch einmal erzählen werde, ohne ihr etwas vormachen zu müssen. Morgen, spätestens übermorgen hole ich sie ab. Die Austern habe ich schon bestellt, ein Delikatessengeschäft liefert sie zu einem Wucherpreis, doch was interessiert mich das.

Und jetzt, Männe, sag mir, was hat diese Rose wirklich zu bedeuten? fragte mich Juliette und zog mich am Arm. Es ist ein Ritual, sagte ich, nichts weiter als ein Ritual, so wie dir Vincent an eurem Hochzeitstag Blumen schenkt oder an Weihnachten Kerzen auf einen Tannenbaum steckt, mehr nicht. Jean-Claude ist wahrscheinlich ein sentimentaler Mensch, sagte ich, wie alle, die zurückgezogen leben und allein sind. Akzeptiert, sagte Juliette, aber ein Ritual wofür, was war das für ein Tag? fragte sie. Da, sagte ich und deutete auf das Bild, da steht das Datum, ich habe die Zeichnung am selben Tag gemacht. Der 18. Juli, genau vor einem Jahr, sagte Vincent, das Datum von vorvorgestern. Aber eben vor einem Jahr, fügte ich hinzu. Der 18. 7., wiederholte Vincent noch einmal für sich und schien ratlos. Ich möchte dich um etwas bitten, sagte ich zu ihm. Können wir dorthin fahren, nur wir beide, morgen, sobald es möglich ist, können wir eine halbe Stunde früher auf dem Wasser sein als alle anderen, geht das? Kannst du mir und deinen Austern einen Tag schenken? Vincent sah mich an, als würde er mir einen Vorwurf machen wollen. Er ist eine Person, sagte ich zu Iris, die dir gefallen wird. Das Gegenteil von Fouché. Vincent und Juliette werden unsere Freunde werden, ihnen haben wir alles zu verdanken. Sein Blick bedeutete, daß meine Frage schon die Antwort war.

Wir fuhren am nächsten Tag aufs Meer, als das Bekken noch unter hoher Flut stand. Einer der benachbarten Fischer, der vor seinem Schuppen arbeitete, machte sich lustig darüber und fragte, ob Vincents Uhr nicht richtig gehe oder ob Juliette fremdgegangen sei. Vincent lachte und sagte: Ja, mit Charles. So wollten sie ihren Sohn nennen, wenn er geboren war. Wir tuckerten los. Vincent wußte, wohin ich wollte, er wußte nur nicht genau, wo die Leiche von Fouché gefunden worden war. Aber es mußte dort in der Nähe gewesen sein, an der Grenze zwischen den Feldern von Jacques Bertrand und Jean-Claude Assas. Wir näherten uns den Pfahlbauten, warteten, bis der Meeresspiegel sank, dann sprangen wir ins Wasser und gingen zu dem Pfahl, der über alle anderen ein Stück hinausragte. Es dauerte noch eine halbe Stunde, bis das Meer den Grund ganz freilegte, aber ich fing schon an, mit bloßen Händen den sandigen Boden aufzugraben. Es dauerte nur ein paar Minuten, da stieß ich auf die Überreste eines Menschen. Das genügt, sagte ich zu Vincent, wir rufen die Polizei. Und dann, sagte ich zu Iris, lief alles ab wie in einem ungeschnittenen Film. Bis die Flut wiederkam, wurde der verweste Leichnam einer Frau ausgegraben, die Überreste auf das Polizeiboot gehoben, und Vincent und ich wurden vernommen. In der Zwischenzeit verhaftete man Jean-Claude Assas, der den Mord an seiner Frau schließlich gestand. Er gab auch zu, mit Beatrice Fouché ein

Verhältnis gehabt zu haben. Mir versicherte man, daß mein Name in der Öffentlichkeit nicht genannt werden würde. Ich würde als «aufmerksamer Bürger» fungieren. Das einzig Unangenehme ist, sagte ich zu Iris, daß Assas noch immer abstreitet, Fouché eine übergezogen und ihn dann zu den Gärten hinausgebracht zu haben, um ihn wie seine Frau zu verscharren. Die Flut hat ihn daran gehindert. Die Austern wollten kein zweites Opfer. Er hat kein Alibi, aber er gesteht auch nicht, das ist der Grund, warum der Fall noch immer nicht aufgeklärt ist. Hab Geduld, sagte ich zu Iris, ein bißchen noch. Da stand sie auf und sagte: Komm mal her, Männe. Ich ging um den Tisch herum zu ihr, sie nahm mich in die Arme und drückte mich an sich. Für Sekunden roch ich ihr Haar, spürte ihre Haut, lag ihr Busen an meiner Brust, fühlte ich meine Freude an ihrem Glück. Dann wurden wir unter scharfen Verweisen von einem Wachbeamten getrennt und mußten uns wieder an dem Tisch einander gegenübersetzen. Mir stiegen Tränen in die Augen, ihr erging es nicht anders. Wir weinten beide in unsere Zukunft hinein. In diesem Augenblick war ich in Iris genausosehr verliebt wie vor vielen Jahren, als ich ihr zum ersten Mal begegnet war, und dachte: Nun gehörst du mir.

V

Ich habe meine Wohnung saubergemacht und dann mit Julia telefoniert, ihre Schwester ist auch schon zu Hause. Sie sitzen im Wohnzimmer und warten. Um elf Uhr wird Iris entlassen. So unwahrscheinlich es klingen mag, Schilkött, der Staatsanwalt persönlich, hat mich heute morgen schon kurz nach acht Uhr angerufen, um mir die gute Nachricht mitzuteilen. Und wenn Sie hier in der Gegend sind, hat er gesagt, schauen Sie doch bitte mal kurz herein, Ihre Bücher liegen bei mir in der Geschäftsstelle, ich würde mich sehr freuen, wenn Sie sie signieren könnten. Ich werde daran denken, sagte ich und wollte schon auflegen, als er sagte: Ach, entschuldigen Sie, ich habe da noch ein Frage. Ich habe erfahren, daß Sie in Arcachon ein Apartment besitzen, ist das richtig? Das ist die Wohnung meiner verstorbenen Tante, sagte ich und merkte, wie mein Herz zu klopfen begann. Es soll ja sehr schön da unten sein, sagte Schilkött, meine Frage ist also, ob Sie Ihre Wohnung gelegentlich vermieten? Ja, sagte ich schnell, dann und wann an gute Bekannte. Würden Sie mich denn auch zu Ihren «guten Bekannten» zählen? fragte Schilkött. Aber natürlich, Herr Staatsanwalt, sagte ich, rufen Sie mich an, wenn Sie an einen bestimmten Termin denken. Aber ich sage Ihnen gleich, sie taugt nur für ein Ehepaar mit einem Kind, es gibt nur ein Doppel- und ein Gästebett. Das wäre perfekt, sagte Schilkött. Und wie, fragte ich, haben Sie von der Wohnung erfahren? Ganz einfach, sagte Schilkött, durch Ihre Zeugenaussage, die ich übrigens sehr genau gelesen habe und äußerst interessant finde, sprachlich, meine ich. Meine Zeugenaussage, natürlich, sagte ich. Eine solche Vermietung, fuhr Schilkött fort, und seine Stimme wurde leiser, würden Sie doch sicher diskret behandeln. Selbstverständlich, sagte ich, und wieder begann mein Herz zu klopfen. Und der Preis? fragte er. Ich schluckte. Dann sagte ich stockend: Von guten Bekannten verlange ich normalerweise nur die anfallenden Nebenkosten. Das ist gut, sagte er, sehr gut sogar. Assas übrigens, fügte er hinzu, weigert sich immer noch, ein Geständnis über den Mord an Fouché abzulegen. Aber er hat kein Alibi, man hat Blutspuren in seinem Boot gefunden. Das Blut stammt eindeutig von Fouché, er hatte ein echtes Motiv, es gibt keine Zweifel mehr, und ob er nun einen oder zwei Morde begangen hat, spielt letzten Endes auch keine so große Rolle. Außerdem ist das jetzt ganz allein die Angelegenheit der französischen Kollegen. Frau Hellwig kann beruhigt und von allen Verdächtigungen befreit nach Hause gehen. Wenn sie einen Antrag stellt, könnte sie unter

Umständen sogar eine Entschädigung für die Tage bekommen, die sie unschuldig in U-Haft gesessen hat, sagen Sie ihr das. Oder sagen Sie ihr das besser nicht oder so, als hätten Sie das selbst herausgefunden. Sie hat ja durch Sie einen hervorragenden Anwalt. Jedenfalls wird sie sich freuen, wenn ihr Retter sie abholt. Ich wünsche Ihnen einen schönen Tag.

Schilkött legte auf, noch bevor ich den Gruß erwidern konnte. Er schnitt mir das Wort ab. Entweder er ahnt oder weiß etwas. Aber ich glaube nicht, daß ihn die Wahrheit interessiert, eher die Wohnung in Arcachon. Ich spiele mit dem Gedanken, sie zu verkaufen. Für den Erlös kann ich jederzeit ein Äquivalent in Italien finden. Tante Theresa und ihren Möbeln wird es auch dort gefallen. Nach allem, was gewesen ist, wird Iris so schnell nicht ans Bassin zurück wollen. Vielleicht wird sie enttäuscht sein, wenn nur ich und nicht auch ihre Töchter vor dem Gefängnis auf sie warten. Andererseits muß sie gleich von der ersten Minute an, in der sie wieder in Freiheit ist, verstehen und akzeptieren, daß es mich in ihrem Leben auf eine ganz neue Weise geben wird. Wir werden uns umarmen wie nie zuvor. Dann fahren wir zu ihr nach Hause. Julia, die ich von den beiden Töchtern lieber mag, weil sie noch etwas Kindliches hat, wird den Champagner in die Gläser gießen. Wir werden um den Eßtisch herum sitzen, und Iris wird über ihre Zeit während der Haft reden. Von mir weiß sie dann schon die neuesten Ermittlungsergebnisse aus Frankreich, und daß Assas noch immer nicht den zweiten Mord gesteht. Das werde ich ihr alles auf der Fahrt erzählt haben. Auch davon, daß es da jemanden gibt, der scharf auf meine Wohnung in Arcachon ist. Vielleicht verkaufe ich sie ja, werde ich sagen und lächeln. Denn ich nehme nicht an, daß du dort deine nächsten Ferien verbringen willst. In Arcachon? wirst du aufschreien: Da kriegen mich keine zehn Pferde mehr hin. Ich habe schon Kontakt zu einem Makler in Italien aufgenommen, werde ich sagen, *Cinqueterre*, was hältst du davon? … Nein, das werde ich sie nicht fragen, ich werde sagen: Ich hole dich morgen gegen elf ab, und wir fahren zu mir, es gibt einen kleinen Imbiß, laß dich überraschen. So wird sie geworden sein, unsere in der Vergangenheit abgeschlossene Zukunft.

Eineinhalb Stunden noch, dann fahre ich los. Es ist alles vorbereitet, alles ist ordentlich, die Zeichnungen, die ich gestern nacht gemacht habe, sind dort verstaut, wo sie niemand finden kann. Man soll sich nicht selbst loben, aber sie gehören sicher zum Besten, was ich je zustandegebracht habe. Sie sind so gut, daß ich sie noch einmal aus dem Versteck hervorholen mußte. Ein Jammer, daß ich sie nie werde veröffentlichen können. Eben, als ich das Telefongespräch mit Schilkött rekonstruierte, wurde mir bewußt, was an ihnen neu und anders ist. Es gibt Skizzenblätter von Adolph Menzel, auf denen er verschiedene Momente von Gesehenem festhält. Ich habe dasselbe gemacht, nur habe ich die einzelnen Bewegungen zeichnerisch noch einmal in Zeitsegmente aufgeteilt. Natürlich, jetzt sehe ich es, das ist die Comicstruktur, die Corinna Behrend angewendet hat. Egal. Es gibt nichts wirklich Neues, immer nur das Konkrete, das in die Zukunft weist.

Fouché habe ich gezeichnet mit einem lachenden Gesicht, einem Weichkäsegesicht, als ich ihm mit der Eisenstange, die an der Mauer lag, genau auf die Stirn schlage. Den Schlag habe ich in der Zeichnung verlangsamt, aufgesplittert wie in einer Zeitlupenaufnahme, als wenn es fünf Eisenstangen gewesen wären, die auf ihn niedergingen. Fouché war völlig überrascht. Er sah mich ihm gegenübertreten, er kannte mich nicht. Aber er muß gleich gespürt haben, daß ich ihm etwas antun werde. Ich sagte nichts. Ich schlug einfach zu. Es war nur ein Augenblick, und er lachte tatsächlich, weil er nicht glauben konnte, daß es wirklich war, was ihm begegnete, und nicht nur ein *ombre*, eine Silhouette. Ich war aus der Dunkelheit auf ihn zugetreten, sie haftete mir noch an. Iris war längst weg. Fouché muß in Gedanken gewesen sein, als er auf den Weg zum Park zuging, die blutige Perle in seiner Hand hatte sich auch in seinem Kopf festgesetzt. Genau so sah er aus: beschäftigt damit, was er anderen Menschen angetan hatte. Zwanzig, fünfundzwanzig Schritte hatte er zurückgelegt, nachdem er Iris in die Haare gefaßt, ihren Kopf geschüttelt, sie mißhandelt hatte. Das genügte, um ihn zu überwältigen. Er lachte lautlos, dann traf ihn mein Schlag, er stürzte. Ob er tot war, wußte ich nicht, ich nahm es an. In der nächsten Sequenz zeichnete ich ihn mit gespaltenem Kopf. Ich zog seinen Körper ganz dicht an die Mauer heran, lief zum nahegelegenen Hafen der Austernfischer und nahm das Beiboot von Jean-Claude. Damit fuhr ich in die Nähe der Kirche, so nahe ich konnte, schleifte Fouché zum Boot, hievte ihn hinein und schipperte mit gedrosseltem Motor hinaus ins Becken. In den Hintergrund zeichnete ich das Festzelt, brachte es mit wenigen Strichen zum Tanzen, und aus seinem Dach ließ ich ein mit Noten vermischtes Feuerwerk zischen. Ich fand den Kanal, kam furchtbar ins Schwitzen, aber ich kannte den Weg.

Das nächste Bild zeigt mich in dem Boot. Von Fouché sieht man nur einen Arm und ein Bein, die über den Bootsrand ragen. Ich fahre zur Vogelinsel. Auf einem Wegweiser mitten im Meer steht der Name: *Ile aux Oiseaux*. Um mich herum ist dunkelste Nacht. Ich zeichnete ein Bild mit einem Himmel voller schwarzer Vögel. Einer dieser Vögel hat eine rote Rose im Schnabel, die zeigte mir den Weg übers Meer bis zu der Stange, die länger ist, als die anderen. Die zeichnete ich als einen erigierten Penis, der aus dem Meer auftaucht, mehr nicht.

Das vorletzte Bild ist das einer Auster: Fouché drückt ihre beiden Schalen auseinander, schreit in einer Sprechblase: «Iris, hilf mir!», und auf dem letzten Bild sieht man nur die Auster mit einer Gedankenblase, in der ein Sarg zu sehen ist, auf dem der Name «Pfuscharbeit» steht.

Das ist alles. So ist es gewesen oder wird es wohl gewesen sein. Sprachlich ist nicht auszudrücken, was Bilder in sich haben: Eine Vision, deren Vergangenheit zukünftig werden kann.

Iris wartet auf mich. Ich muß los. Es gibt nichts, was ich mir sehnlicher wünsche, als sie eines Tages nach Hause kommen zu hören.

POSTSKRIPTUM: Ein mit mir befreundeter Staatsanwalt sagte mir einmal, daß, sollte ich meine Geschichte mit Iris jemals aufschreiben wollen, am Ende darauf hingewiesen werden sollte, daß sie frei erfunden sei und sich alle Ähnlichkeiten mit lebenden oder toten Personen, realen Geschehnissen in Gegenwart und Vergangenheit rein zufällig ergeben hätten und nicht in der Absicht des Verfassers lägen. – Quod erat demonstrandum.

Die Deutsche Bibliothek verzeichnet diese Publikation in der deutschen Nationalbibliografie; detaillierte bibliografische Daten sind im Internet unter http://dnb.ddb.de abrufbar.

1. Auflage 2004

Umschlaggestaltung Ⓢ sans serif, Berlin
Typografie und Einband
Farnschläder & Mahlstedt Typografie, Hamburg
Schrift Stempel Garamond und Linotype Syntax
Druck und Bindung Clausen & Bosse, Leck
Printed in Germany
ISBN 3-936384-16-9